ARY MARY

スミ

Sumi

寂しがり屋で天然。
恋愛で悩むことが多い。
料理の専門学校に通っている。
かなめと
付き合っている。

誕生日	12月3日
年齢	20
身長	156cm
出身	静岡県
趣味・特技	料理
好きなもの	豚の生姜焼き・バスケ・アイドル・バンド

MARY MARY MARY

しゅんぺい

丸ヶ丘高校の3年2組。バスケ部ベンチ。石田先生によく注意される。曽根山の親友。

曽根山《そねやま》

丸ヶ丘高校の3年2組。バスケ部ベンチ。怖い話が好き。眼鏡をかけている。しゅんぺいの親友。

石田先生

丸ヶ丘高校で3年2組の担任をしている。担当科目は日本史と国語。学校以外ではあまりツッコまない。

はじめに

本書では、過去にマリマリマリーがＹｏｕＴｕｂｅに投稿した３００以上の動画の中から、記憶と記録に残る作品を厳選し、ショートショートとして書き下ろしています。

単なるノベライズ（小説化）ではなく、一からストーリーを構想しなおし、アイデアを膨らませて、新たな作品へと生まれ変わりました。

テキストのみでクスッと笑える、
面白くて不思議なマリマリマリーの新境地をご堪能ください。

MARY MARY MARY
マリマリマリー

ショートショートとは

簡単に言うと「短くて不思議な物語」のこと。もっと言うと、「アイデアがあり、それを活かした印象的な結末のある物語」のことです。１話５分や１０分で読めてしまうにもかかわらず、あっと驚いたり、クスッとしたり、ほろりとしたり、ぞっとしたり。いろいろな味わいを楽しめるのが、ショートショートの大きな魅力のひとつです。

マリマリマリーとは

普段はＹｏｕＴｕｂｅやＴｉｋＴｏｋを中心に、短くてシュールなコントアニメを配信しています。本書で登場するタイトルをＹｏｕＴｕｂｅで検索すると元動画が出てくるものもあるので、ぜひ本を読んだ後に動画も視聴して、物語を二度、三度と楽しんでみてください。

contents

1章 青春

youth

2章 恋愛

Love

3章 仕事

Work

4章 日常

Ordinary

5章 空想

Fantasy

制作STAFF
装丁　西垂水敦・市川さつき(krran)
DTP　クニメディア
校正　鷗来堂
編集　笠原裕貴

1章

青春

体力テスト一夜《いちや》漬《づ》けしてきた

体力テストは、だるい。

何せ疲労が約束されている。それでいて、多少なりとも良い結果を残したいという欲求が体育館に集められた男子たちに、無意味な緊張を強いる。それはそれとして、

「どうした、しゅんぺい」

「おう、曽根山《そねやま》。体力テスト、だるくね」

「うん、そうなんだけど、どうした、その体」

そこには、しゅんぺいに酷似したマッチョがたたずんでいた。

容貌魁偉《ようぼうかいい》、そんな漢検のために用意されたような四字熟語を使うしかない、ただならぬマッチョである。視界からはみ出さんばかりの胸筋と上腕二頭筋が、体操着を再起不能なほどに引き伸ばしている。肩から首筋にかけて走る血管は、乗換案内図を思わせた。

「あ、これ？ 一夜漬けしたんだよ」

しゅんぺいは軽々しく言うもんだから、一瞬納得しそうになる。

「いや、やっぱわかんない。一夜漬けってどういうこと？」

「今学期、全然やってこなかったからさ、徹夜するしかなかったんだよね」

「一晩でそんなになる？ え、人間ってそんなことできるんだっけ？」


戸惑う曽根山をよそに、しゅんぺいは堂々たる足取りで次々に、体力テストの種目に挑戦していく。反復横跳びに、垂直跳び、立ち幅跳び、などなど。その全てにおいて、しゅんぺいは自慢の筋力を発揮することなく、その場でアニサキスのごとくピクつくだけで、なにひとつ良い結果を残せず終わった。

ことに50ｍ走はひどかった。スタートの合図がしても「ふんふん」と唸《うな》るばかり。やがて、全てを諦《あきら》め真顔になると、呆然《ぼうぜん》と立ち尽くした。心配して訳を聞いてみれば「まさか『走る』が出るとはねえ」などと平然と意味不明なことを述べた。一昨日までできていたことをなぜ忘れる。

「いやあ、今回はヤマが外れたわ。次は絶対、取り返す」

「ヤマとかないから。全種目、普通にやれよ」


そう言っていたのがおよそ半年前。再び、体力テストの日がやってきた。

朝から妙な胸騒ぎを覚えた曽根山は、いつもより早めに登校し、グラウンドへと向かった。胸騒ぎは的中した。散らばった大量のハンドボールと、その中央にはなんというか、巨大な「腕」があった。


「おう、早いじゃん」

腕が話しかけてきた。ということはやっぱり、そういうことらしい。

「今回も一夜漬けで、ヤマはっちゃいました」

「なんでよりによってハンドボールだけにはるんだよ」

今や巨大な右腕の付録と化したしゅんぺいが申し訳なさそうに曽根山に頼み込む。

「それで、他の種目さ、頼むから、ちょっと見せてよ、な？」

「いや、体力テストだから。カンニングとかできないから」

「いや、お前が真面目なのはわかるけどさ、一生のお願い」

真面目だからとかではないのだが、いったいどうするというのか。巨大な腕と通常サイズの腕とで行われたその合掌《がっしょう》は、世界一いびつだった。


さて曽根山が反復横跳びに挑戦している最中、巨腕ことしゅんぺいが、そおっと覗《のぞ》いてくる。ウインクまでしてくる。やめてほしい。曽根山がまずまずの、黒縁眼鏡にしてはまともな成績を残すと、続いて巨腕《しゅんぺい》の番がきた。彼は足をもつれさせながらも、なんとか、懸命に、今しがたの曽根山の所作を模倣しながら、横跳びをする。カンニングできるのかよ。他の競技も同様。曽根山が挑戦している最中に、巨腕が薄目で覗き、見よう見まねで実践する。少なくとも去年のように「ピクつくだけ」という醜態は避けられた。

ハンドボールは圧巻だった。

巨腕が投げたボールは、やがて衛星軌道に乗った、と本人からあとで聞いた。
それはつまるところ記録不可ということで0点扱いを意味した。一夜漬けしたのに。

さらにその直後、いともたやすくカンニングしたことがバレ、体育教師に、人格の全て、それこそ家系図の遠い親戚から順に否定されるほどの叱責を受けた。その巨大な腕の様子を、曽根山は遠くから眺めていた。あの剣幕で怒られたら、自分だったら確実にチビるであろう。翌日、すっかり元の体型に戻っていたしゅんぺいに曽根山がそう語れば、

「はいはい、それね。ヤマはってましたから。膀胱括約《ぼうこうかつやく》筋《きん》に」

「体力テストだから。膀胱括約筋の強さ測定しないから」

卒業式前日に転校してくるやつ

放課後の体育館。俺たちは焦っていた。涙を拭きながら、果敢に喉《のど》を震わせる。

なんとしてでも転校生の横山とともに、最高の卒業式を迎えたいのだ。

なにせ、横山は今日やってきたのだ。卒業式の、前日に。

「はい、ざわざわしない」

ホームルームで担任の金山先生はそう言ったが、ざわざわせざるを得ない。

「高知からやって来た横山太郎です」

鼓膜を蹴飛ばす圧倒的ざわめきの中、かろうじて、彼が親の仕事の都合で転校してきたこと、前の学校ではサッカー部だったこと、などが聴き取れた。

担任も担任だが、転校生も転校生である。なぜ「一年の夏休み明け」のようなトーンで挨拶できるのだ。いや、親も親だ。どのような都合があったか知らないが、なぜ土俵際で踏ん張れないのだ。

俺たちはとっくに思い出を作るのでなく、振り返るフェーズに突入していた。そうした意味で横山は転校生でなく、思い出への闖入者《ちんにゅうしゃ》に近い。

「前いた学校は人口６００人の小さな村で」

横山は困惑する俺たちをよそに、自己紹介を続ける。

「同級生は僕を含め３人でした」

少し、ざわめきが静まる。辺境の村からやってきたという事実が、卒業式前日という事実に拮抗《きっこう》しはじめる。

「小さい頃は子役もやっていまして、アカデミー賞作品に出たりもしました」

ざわめきが、止《や》む。凪《な》ぐ。

「あと」、横山は前を見据える。

「８ヶ国語、喋れます」

ざわめきが息を吹き返した。それは本来的な、転校生がやってきたことに対するものに変質していた。そう、横山は、卒業式前日の転校という圧倒的不利、奇天烈《きてれつ》な状況を自らの略歴Wikiでもって、見事に覆したのだ。

朝礼が終わり、気づけばクラスメイトは横山を取り合うかのように囲んでは質問責めにする。

「やっぱり前の学校は山奥だったの？」「え、人口６００人のうち５９０人の名字が鳳凰院？」「じゃあなんで横山くんの家だけ違うの？」「え、家族全員名字違う？　なんで？」「てかさ、どの作品に出ていたの？」「マジで！　ナタリー・ポートマンと歯医者一緒？」「ずっと気になってたけど、なんで首筋にウロボロスの刺青が入ってるの？」

転校に慣れているせいかは知らないが、どの質問に対しても横山の応対は淀《よど》みなく、それでいて抑揚が心地よい話し振りは周囲をどんどん引き込んでいく。自分の話術に対する陶酔も見られず、ときにはにかむ笑顔は「さわやか」を画像検索したかのよう。

もう、俺たちのクラスは、横山に夢中だった。

しかし事実は事実。明日は卒業式である。

そして、俺たちは予行演習をしなくてはならない。

朝礼が終わり、これから、卒業式のいわばサビに当たる「呼びかけ」の最終確認をしないといけないのだ。「京都で歴史の深さを学んだ」「修学旅行！」といった具合の、例の儀式である。しかし今ほど述べた通り、俺たちはもう、横山を完全にクラスメイトとして、級友として認め、すでに同窓会出席名簿にも名を連ねてもらっていた。そんな横山を差し置いて、何が「呼びかけ」だ。卒業式も、体育祭も、どれも横山がいない行事ばかりでないか。そんなの、横山に悪いじゃないか。

「呼びかけ」を「with横山」仕様に作り直そうと誰かが言い出すのに、さほど時間はかからなかった。だって、俺たちは横山と一緒に、卒業式を迎えたいのだ。

ということで、俺たちのクラスだけ、予行演習をボイコット。横山仕様に「呼びかけ」作りをすることにした。幸い、「呼びかけ」はクラスごとにブロック分けされている。内申から解放された俺たちに怖いものなどないのだ。とはいえ肝心の横山に、呼びかけるだけの思い出リソースが不足している。この学校に足を踏み入れてまだ二時間弱。乾いた雑巾を絞るかのごとく、俺たちは横山の思い出を聴取していく。

「最初、この学校に来た時どんな印象だった？」

「うん。来客用の駐車場がとても広いなあと思ったよ」

「そこなんだ。じゃあ、学校の中に入ってからは」

「前の学校より下駄箱が低くて、ああ屈《かが》むなあって」

「ああ、屈むなあ、で始まったんだ」

「あと、天井の、穴ぼこ模様。どこの学校でも一緒だな、って思った」

「それはどこでも一緒なんだ」

「トラバーチン模様って言うらしいよ」

「急な雑学ありがとう」


　黒板に、慎重に抽出した横山の思い出が列挙されていく。どれも、思い出としてあまりに薄く、肉眼でやっと確認できるレベルのものばかりであった。しかし、全員が気づいていた。この作業こそが、すでに横山との最高の思い出になりつつあることを。

聴取を終え、横山仕様の「呼びかけ」が完成。もう放課後である。
誰もいない体育館にクラス全員が集合。
俺たちだけの、最後の予行演習が今、始まった。

「広すぎて、驚いた」「来客用駐車場」
「ああ、屈むなあ」「下駄箱」
「どの学校も同じ」「天井の模様」

全員が尾崎放哉《おざきほうさい》の学校の卒業式、のような呼びかけが続く。
しかし後半。呼びかけはだんだんとある一方向へ熱を帯びていく。

「卒業式前日に転校してきた」「横山」
「ナタリー・ポートマンと歯医者が一緒の」「横山」
「家族全員、名字が違うけれど、法律上なんの問題もない」「横山」
「8ヶ国語喋れるけど英検は準2級で、すごいんだけど8ヶ国語喋れる事実を先に知ってしまうとどこか物足りない」「横山」

「転校してきてわずか三十分。あっというまにクラスの中心になって、同窓会の幹事にまで上り詰め、同時にむしろ今までこのクラスに中心的存在がいなかったことに気づかせてくれた」「横山」

「ボーリングに行ったら多分、スペアが多くて、毎回盛り上げてくれる」「横山」

「本当は古い洋楽とかが好きなんだけど、カラオケでは全員知っている曲しか歌わないに違いない」「横山」

女子の誰かの嗚咽《おえつ》が体育館に、響く。共鳴するように、一人、また一人、嗚咽がユニゾンする。もう途中から思い出でもなんでもない。ただの想像だ。だって、俺たちは、俺たちは、

「もっと一緒にいたかった」「横山」

西日が斜《なな》めに体育館の内側へと侵入し、俺たちを翳《かげ》りの中に落とし込む。逆光の中、堪《こら》えきれず流した涙粒《なみだつぶ》に夕陽が乱反射し、憂《うれ》いを帯びたプリズムは、静かに放課後を

黄昏《たそがれ》に染め、放課後の輪郭は迫り来る夕闇に溶かされていく。


本当にそうだよ、横山。なんでもっと早く転校してきてくれなかったんだ。

ちらと横山を見る。あいつが、一番泣いている。なんでだよ。でも、ありがとな。


そして、翌朝。つまりは、卒業式当日。

「はい、ざわざわしない」

いや、やはりざわざわせざるを得なかった。

担任の金山先生から、横山が両親の都合で今朝ほど転校した、という事実が告げられた。嘘だろ。横山。え。在籍一日で転校？ ドッキリ？ あの涙の意味は？ 彼女はいるの？ 家族構成は？ 実家がお金持ちって本当？ 今にも「早速、調べてみました」と言わんばかりの誤った感慨が頭を駆け巡る。

そして、やはり当然のごとく担任の隣には見知らぬ男子生徒がいた。

「島根からやって来ました、藤井慎太郎です」

横山が再び転校した事実を処理しきれないまま、またしても、今度は卒業式当日に闖入してきた転校生。そりゃ、ざわめくしかない。でも、今の俺たちはもう今までと違う。前日でも最高の思い出が作れるって、横山が教えてくれたじゃないか。

式まで、まだ三時間ある。この、ええと、ちょっと名前は聞き逃したけど、とにかく転校生と、最高の思い出を作ってやる。

「下駄箱どうだった？低かった？」「天井、前の学校と同じ？」「何ヶ国語喋れる？」

そうだ。同窓会の幹事とか、どう？

見回りしつこすぎる教師

消灯直後。

「俺さ、ハルミちゃんに告白しようと思ってるんだよね」

「お前、好きだよな」

修学旅行の夜を夜たらしめようと、恋の話を和室に放り込む。ところが相槌《あいづち》の代わりに「ぱたぱたぱた」と何やらスリッパの音が聞こえてきた。見回りである。

「早くない？」

「寝たふりしよう」

十時過ぎに高校生がすやすや寝ている方が「青春を教えてもらってないのか」と思われそうなのだが、致し方ない。ハルミちゃんの話は枕横に置いて、目をつむる。さあっと襖《ふすま》が敷居を滑る。闇を光が真四角に切り取る。廊下の蛍光灯が網膜に染みるまぶたの向こう、薄く人影が現れる。

「寝てますか？」

寝てはいない。しかし答えたら、起きていることになるではないか。

連綿と受け継がれてきたパラドックスに対して、俺たちがすべきは沈黙を決め込むことだ。

「寝てますか？」

沈黙、硬直。やがて襖はゆっくりと閉められ、ぱたりぱたり足音が遠ざかっていく。

なるほど、確かに修学旅行の夜において、引率の教師が生徒の各部屋を見て回るというのは、まったく不自然な行為ではない。ただし、疑問が残る。

「え、見回りって消灯直後に来る？」

「来ないよね。あれじゃない？ 消灯直後、一気に全部屋確認して先生たちも寝たいんじゃない？」

なるほど、確かに先生たちも明日に備えて早く寝たいに決まっている。となると、この見回り自体を強引に前倒しするというのも頷《うなず》ける。じゃあ、もう俺たちの部屋は見回り済みだから、自由が約束されたのも同じじゃないか。夜の色が、変わった。

「で、で、さっきの続きなんだけど、ハルミちゃんとこの前さ、帰り道一緒になってさ」

と、再び夜が返り咲いた直後に、曽根山が、何かに気づく。

「いや、待って、足音が」

妙だ。遠ざかったはずのスリッパの音が響く、響く。

俺たちの部屋の前で、止まる。

バカな。また見回りに来たというのか？　とにかく、目をつむり、先ほどと同じ寝る姿勢を取る。ほぼ同時に、襖が開けられ容赦ない光が差す。

「寝てますか？」

はや。二回目、はや。

今ほどの「一気に見回り終わらせる説」が一瞬で覆った。なんだよ、俺たちは寝てるから、あんたも早く寝てくれよ。しかもなぜか知らないが先ほどの時よりも、こちらの様子を見る余白の時間が長い。何だ。じっと耳を澄ましているようだ。どうやら、寝息を確認しているらしい。だとすればしくじった。俺とくれば、寝たふりの姿勢に意識を集中するあまり、息を殺してしまっている。

「寝てますか？」

さっきよりも語気が強い。それゆえに沈黙が気まずさを喚起する。思わず「寝てます！」が口を衝《つ》いて出そうだ。無論、罠《わな》である。そこまでして寝ていない人間をあぶり出したいのか。怒りのあまり、鼻息が漏れる。奇しくも、寝息らしいものとなった。

やがて、静かに襖が閉まり、闇が満ちる。

「え、このペースでくる？　おかしくない？」

「なにこれ、ノルマ？　ノルマ決まってる？」

「年末の警察？　知らんけど」

ところが、現状の整理すらままならないうちに、再び廊下のはるか遠くから凄まじい速度で足音がこちらへ向かってくるのだ。

「ダッシュ？　ダッシュで来てる？」

獣のような勢いで、それは迫り来る。スリッパの耐久実験でも行うかのように。限界を試すかのように。

「寝てますか？」

間一髪、間に合った。

寝姿勢、寝息のリズム、それぞれ先ほどと同じ状態に保つ。なにも隙はない。これはもう、嫌がらせにちがいない。俺たち生徒に対する、嫌がらせなのだ。京都の真の魅力を知るには早すぎる、三十三間堂《さんじゅうさんげんどう》の仏像を「数」でしか評価できぬ愚かな俺たち高校生への、嫌がらせなのだ。そうでなくては、どうして鹿威《ししおど》しのペースで「寝てますか」がくるだろうか。足音が遠のいたところで、俺はひとつ、この勝負を動かす決定的な提案をする。

「もう、寝ようか？」

「そだね」


そう、この勝負。最初から生徒側が明らかに有利だった。何せ、普通に寝てしまえば「勝利」と「睡眠」が同時に手に入るのだ。しかし、どうしても、俺は気になることがある。最初から、ずっと。ただし、これを言ってしまえば、寝れなくなってしまう可能性があるのだ。でも、独りで抱え込むには、その違和感はあまりにも気色が悪かった。

「あのさ、最後にいいかな」

「うん、どした」

もう眠そうだ。そんな中、申し訳ないのだが、

「さっきから起こしてくるやつ、あれ、だれ？」

　にわかに、夜ごと総毛立つ。だって、そうじゃないか。こっちは目をつむっているから、はっきりとその姿を確認したわけではないが、少なくとも「寝てますか」の声は、俺たちの知るどの引率の先生のものでもない。

「え、な、何が言いたいの？」

「いいか曽根山？　教師じゃない、何者かが、俺たちを、狙っている」

　曽根山が上体を起こし、見下ろす形で、外に漏れぬよう精一杯絞った声で、俺に怒鳴る。

「なんで、そんな怖いこと、今この瞬間に言うかな。ハルミちゃんの話とか、それでよかったのに」

　最悪なことに、襖が開き、夜のとばりが引きちぎられる。光は、容赦なく、曽根山の顔、ジャージの状態を捉えてしまった。

「はい、起きてました。こちらに来てもらいます」

声の主は、嬉しそうに俺たちの部屋へと入ってくる。「やめて、いま俺、裸眼だから」恐怖のあまり、布団をかぶる。どうやら闖入者《ちんにゅうしゃ》は一人じゃない。複数の人間が、今俺たちの部屋に入り込んで、無理やり曽根山を連れて行く。「だからやめて！　メガネ！　せめてメガネを！　裸眼はいやだ裸眼は」組分け帽子を被ったかのような曽根山の断末魔が、耳にこびりつく。

あれからどれくらい経っただろうか。

俺は身動きできずにいた。今、起こっているのは、ただの見回りじゃない。怪奇現象なのか、はたまた事件なのか、そんな判断はさておいて、俺は友が連れて行かれている瞬間も、寝たふりを決め込んでいた。一人残された部屋で、ただ無力感に打ちひしがれていた。とはいえ、あそこで助けに入ったら、自分も連行されていただろう。

あれほど早かった見回りのペースも、気づけば止まっている。一人確保できたから、この部屋は用済みということであろうか。ピロン、枕元に置いていたスマホが鳴る。

こんな時にラインがくるとは。薄く目を開ける。画面上に表示されたアイコンは曽根山からのメッセージが届いたことを告げていた。俺は慌てて、音を立てぬよう細心の注意を払いながら、そのメッセージを開く。するとそこには、

「寝てますか？」

　もう何も考えられなかった。曽根山が、俺をやつらに引きずり込むために、こんな手段を講じたというのか。残念ながら、その想像は当たった。やがて例のごとく、襖が開く。四角い光の向こう、見慣れた曽根山の影。

「はい、既読がついたってことは、起きているね」

　それは実に、くだらないシステムだった。

　要は、教師の手を煩わせない見回り制度が構築されていたのだ。

旅行中、問題を起こした他クラスの生徒が最初の「見回り」の業務を与えられ、つまり最初に俺たちの部屋に来ていたやつが、それだ。道理で聞いたことない声のはずだ。もし、起きている生徒を見つけたら、自分は再び寝て良い、ということらしい。

そして、今、俺は「見回り」側に回った。

曽根山は申し訳なさそうに、そして凄まじく眠そうに「ま、誰か起きてるでしょ」とあくびを噛《か》み殺しながら、俺たちの部屋へと帰っていく。

俺は怒っていた。修学旅行の夜を台無しにされたことに。得体の知れぬ者に狙われる恐怖に身を強張《こわば》らせ、いざ蓋《ふた》を開けてみれば、そこにあったのは見回りを生徒に丸投げした教師の怠慢じゃないか。ハルミちゃんに告白するとかしないとかは今、どうでもいい。ただこの夜に、その話を友人にしたかった、それだけなのに。

俺の行き先は決まっていた。廊下の突き当たりを右に折れた、引率の教師たちにあてがわれた部屋である。スリッパはとうに脱げている。裸足でリノリウムを蹴る。部屋の前に着く。息を整えることもなく、襖を思い切り開けてやった。

「寝てますか？」

が、返事がない。それは寝ているから、あるいは寝たふりをしていたからではない。

部屋に満ちる、タイピング音。廊下よりなお明るい部屋の照明の下、引率の教師たちは、俺に気づくこともなく、目を血走らせながらノートパソコンにかぶりつき、俺にはわからない文字列を必死で打ち込んでいた。部屋のさらに隅では、背中を丸めるだけ丸めて謝罪の電話をかけている姿も認められた。俺は、京都の真の魅力も知らなければ、引率教師の残業も知らない高校生にすぎなかったのか。

彼らが、寝ているわけなんかあるはずもなく、なんかもうごめんなさい。

「寝てください」

小さくつぶやいて、襖を閉める。

曽根山を起こして、俺は寝よう。

文化祭の出し物を月額制でやるクラス

教師として生徒の意思を尊重してしかるべきであるし、それが文化祭の出し物であるならば尚更である。下手に口を出すべきではない。ないのであるが、

「サブスクって何？」

自分が担任しているクラスが、文化祭の出し物を「サブスク」に決定した。それも多数決である。民主主義である。誰か一人の暴走とかではなく。え、最悪。

「サブスクって、何？」

もう一度、つぶやく。一回目とは違い、疑問符は萎《しお》れ、諦念《ていねん》が横たわる。

「サブスクって、流行《はや》ってるじゃないですか」

一番前の生徒が答える。そうじゃない。それを聞いているわけではない。

「今、めっちゃ流行ってるんで大丈夫だと思います」

そういう判断はできるんだ。でも、やっぱりそうじゃない。

「え、サブスクって月額でお金とるサービスだよね」

「はい」「スポツファイ！」「ネッヨフリックス！」「サリゼリヤ！」「ＮＨＫ！」

急に。思いつくまま、口をつくまま、をやめて。サリゼは絶対違うだろ。

……あれ。ＮＨＫってサブスク？　確かにお金払ってるけど、え、待って。先生もわかんなくなってきた。

「サブスクって、何？」

疑問符が息を吹き返す。純粋に、気になることを言うのやめてほしい。

落ち着け。事態にしっかり向き合わねば。

「え、二日しかない文化祭でサブスクをやるの？　どういうこと？　あとサブスクって、出し物の中身じゃなくて、制度、だよね。今、小一時間話し合って決まったの、制度じゃん。ダメじゃん。何も決まってないじゃん。あと2位『鬼滅』ってどういうこと？」

「鬼滅を出します」

ずっと意味がわからない。読み聞かせるのか。演じるのか。新作歌舞伎なのか。それが第2位なのも怖い。「サブスク」を推した生徒が一時的な集団トランス状態に入っているわけでなく野党も出し物の意味すらわかってないということになる。ちなみに3位大統領。4位渋谷。え、そんなクラスだったの。私が担任してたクラスって。

「かりに、サブスクだとして、何を、どうやるの？」

祈るように、ゆっくりと言葉を投げかける。

「はい。毎月一定のお金をもらって、一定のサービスを提供します」

「検索で最初に出てきた『サブスクとは』を読まないでくれる？　そうじゃなくて、その内容を聞いてるの」

「たこ焼き」「たこ焼き」「たこ焼き」「たい焼き」「たこ焼き」

そこはもう決まってたのかよ。一人たい焼きいたけど。

「たこ焼きのサブスクってなに？」

「お届けします」

「それもう宅配サービスじゃん。文化祭クオリティのたこ焼きのウービーイーツ」

「じゃあ、教頭」「教頭か」「教頭ね」

「教頭のサブスクってどゆこと」

「はい。教頭をお届けします。文化祭クオリティの」

「文化祭クオリティの教頭ってなに」

「色が薄いです」

「意味わかんない。却下」

「わかりました。教頭先生にはそう伝えておきます」

「なんで事前に話してるの。やめてね勝手に。あと教頭もサブスクのことわかってないな」

　ふと教室の隅の方。恐る恐る手をあげる女子の姿が。

「私、その、ずっと、やりたいことが、あって」

　お、やっと反対意見きたか。

「うんうん、林さん、何？」

「お化け屋敷が、やりたいんです」

いいじゃん。お化け屋敷。大定番だし。そうだよ、それにしよう。

「今、お化け屋敷という意見が出たけど、先生はそれでいいと思う」

再び、一番前の生徒が代表して答える。

「そうですね。お化け屋敷もとても魅力的なアイディアだと思うのですが、多数決で先ほどサブスクに決まったあとなので、どうかなって」

大人の対応と、優しい笑顔やめろよ。そういう気配りはできるのかよ。

「お化け屋敷のサブスクだったらいいかなって」

大人の折衷《せっちゅう》案だ。お化けを届けるのかよ。

多数決、こわ。民主主義、こわ。普段、日本史教えてきたけど、民主主義のネクストステージ、私知らないんだけど。革命？

「教頭のお化け」「それだ」「いいね」

「よくないよ。折衷は万能じゃないよ。キメラ生まれちゃったじゃん。お化けの格好した教頭を世に放つの？」

このやりとり、いつまで続くというのか。

薄々、心のどこかで気づき始めている。

多分、私もサブスクだ。一定のお金を支払うことで一定のサービスが受けられる、彼らにとってのサブスク。

採用のとき言われていないんだけど。

いつから授業料を払うかわりに、担任教師の前で痴《し》れ事を無限に乱射して良いことになってたの。

「打ち上げどうする？」「サブスクにする？」

「今、打ち上げの話いいから。何、月額制の打ち上げって」

「ぼ、僕は、吉村くんの、サブスクです」

「え、急に心配。友達を毎月差し出すってこと？ 村上くん、あとで教務室きて」

「毎回予約する必要のない美容室のサブスクサービスは多少高額でもニーズがあると思います」

「ビジネスアイデア出さないで。文化祭の出し物を決めてるから」

そもそも、他のクラスはどうなっているのだろうか。やはりどこも痴れ事を連発してくる生徒だらけなのだろうか。とてもそうは思えない。

もしかしたら、逆かもしれない。

「あ、蝶《ちょう》が飛んでる」「本当だ」「たくさん捕まえて、サブスクにしようよ」

「なんでもサブスクにすればいいと思ってない？」

この不毛な時間で、最も楽しんでるの、私じゃないだろうか。

もしかして雇用契約のとき、アマプラみたいに、気づけば「生徒の無限痴れ事」サービスに加入してた、なんてことはないだろうか。

「せーの、重力！」

「びっくりした。声を揃えて『重力！』って。なに？重力のサブスク？」

「はい。お金を払わないと、浮きます！」

「嘘じゃん。だとしたら、私たち、加入してることになるじゃん」

「酸……、ああ、重力の後だと、酸素は弱いか」

「角度の被りを気にするくらいならサブスクから離れて」

その後も延々と、生徒たちは呪詛《じゅそ》のように奇天烈なサブスク案を羅列しては、私が却下する時間が続いた。時計はとうに十八時を過ぎていた。

学級委員が妙にふてくされた口調で、結論を述べる。

「何のサブスクにするかですが、これまで出た案を総合して……多数決の結果、蝶になった教頭が、たこ焼きを配達する、に決まりました。そしてその案は、石田先生の職権で『却下。やり直し』となりました」

教務室に戻り、雇用契約書を確認。「生徒の無限痴れ事」サービスはなかった。となると、私はなんてクラスを担任してしまったのだろうか。授業報告書を書かねばならないが、進まない。何が「せーの、重力！」だよ。

「あれ石田先生、何かいいことありましたか？」

どうやら笑みがこぼれていたらしい。「いえ、なんでも」と歯をくいしばる。なんで、よりによって話しかけてきたのが教頭なのか。お願い、そっとしておいて。蝶になったあなたを思い浮かべてしまうから。だって、今からは笑ってはいけないの。

「あ、こっちこっち」

かりに、もしかりに。私たち教師がサブスクの一部だとしたら、やるべきことはひとつ。大人が適当に使う常套句《じょうとうく》、「いつでも相談に乗る」を、実践することだ。

「村上くん、ここ座って。ごめんね。さっき言ってたサブスクの話なんだけど」

「あ、はい、えっと、ですね、その、ＮＨＫはサブスクじゃない、です」

そっちは今いいよ。でもごめん、笑っちゃった。

塾で内申点稼ぐやつ

「今日も一日、ありがとうございました！」

そのままホチキスになる気かと思うほどに楢山《ならやま》の礼は深い。

他の受講生が足早に教室を出ていくなか、楢山は一人、嬉々として清掃用具入れからモップを取り出すと床の清掃を鼻歌まじりにはじめた。

俺も他のやつらと同じタイミングで教室を出たが、楢山とは帰る方向が一緒なので、一応ながら玄関を出た先のガードレールにもたれかかって待つことにした。

「お待たせ」

「いや、別に。にしてもお前、毎回すごいよな」

「え、なにが？」

「掃除とか、挨拶とか、他にも色々」

「ああ、別に好きでやってるわけじゃないよ。内申点稼ごうと思って」

そう。楢山はあくまでも内申のためにやっているんだよな。うん。

ポケットに手を突っ込みながら、しばらく無言のまま坂道を歩く。リュックサックのなかで、飲みかけのお茶が勾配《こうばい》と振動で泡立っていく。やはり、引っかかる。

半歩先を行く楢山を呼び止め、少しだけ迷ったが、そろそろ聞くべきだ。

「ずっと思っていたけどさ、塾で内申点稼ぐの、意味なくない？」

そう、塾なのだ。今、俺と楢山は代々《よよ》ゼミナールの帰りだ。

そもそも楢山とは塾で出会ったのだ。楢山は毎日、当然のように日直を名乗り、当然のように教室を丹念《たんねん》に掃除して帰る。勝手に花瓶を持ってくるし、勝手に季節の花で教卓を彩る。時折、授業中に手を挙げて「恵まれない子供達のために井戸を掘りましょう」などと頓狂なボランティアを提案しては無視されている。それが、楢山だ。

「塾で稼ぐなよ、内申点」

「でもほら、俺、あんまり勉強できないからさ、内申点で勝負しないと」

「だから、ここ塾なんだって。勉強できるようになるために通う場所だって」

「そう。だから俺、内申稼ぐんだ」

「だから、それはせめて学校で」

噛み合わない。

噛み合わせに必要な凹凸が存在していない。それでも楢山は続ける。

「それにさ、推薦もらえるかもだろ?」

「塾で推薦枠とかないよ。どこに推薦してもらえるの?」

「そりゃあ、良い塾だよ。一応、上の塾に行きたいって気持ちはあるんだよね」

「良い塾? 良い大学とかでなく? 塾から塾ってなに?」

「たとえばまあ早稲多とか?」

「え、早稲多狙いなの?」

「うん早稲多。早稲多アカデミア」

「やっぱり塾じゃん」

「うん。やっぱ、難しいかなあ」

「どうだろう。推薦とかじゃなくて、申し込めば入れるんじゃない」

「あー、ＡＯねえ、まあ第一志望は別にあるんだけどさ」


申し込みをＡＯと呼ぶな。第一志望は別にあるのかよ。

立て続けに否定するのもなんだか申し訳なくなり、矛先をずらす。


「親を安心させたいってこの前言ってたけど、檜山の親ってなにしてんの？」


檜山の表情が少しこわばる。

もしかしたら踏み込んではいけない領域だったのだろうか。でも、やはり気になる。

どういう家庭環境で檜山は育ったのだろうか。

「うち、両親とも教授やってんだ。だから、勉強できないのが申し訳なくって」

大学教授。意外だったが一方で納得もいく。両親とも俗世間から隔たりのある高度な専門職となれば、子供が常識の範囲外ですくすく育ってもおかしくはない。


「教授ってすごいね。ちなみにどこの？」

「どこの？　ああ、普通の塾だよ」

「塾？　塾の教授？　え、塾講師じゃなくて？」

「うん。塾の教授。学会が近いとかで最近じゃ研究室にこもりきりだよ」

「塾に研究室ってある？　事務室でなく？」


解せない。もしかしたら楢山は塾講師が覇権を握った並行世界からやってきたのではないだろうか。こっちの世界だって既にバラエティ番組の司会を塾講師が務めている。ありえないことではない。いや違う。楢山の話を噛み砕くためだけに並行世界を持ってきてはダメだ。

「でも普通に両親から勉強しろって言われないの？」

「言われてる。だから最近じゃたまに学校に通ってるんだ」

「あ、そもそも学校行ってなかったんだ」

「学校って良いね。塾みたいで。もっと早くから行っておけばよかった」

「普通、まず学校に行かない？」


ふと、楢山という名前に何か引っかかるものを感じる。

そういえば一年生の時、まったく学校に来なかったクラスメイトが一人いた。そいつの名前、楢山じゃなかったか。


「俺ら同じクラスだったんだねえ。ほらその頃は内申点稼ぐために、朝から晩まで塾に通い詰めだったんだ」

「まず学校に来いよ。朝から塾で何することがあるんだよ」

「色々あるよ。まあ掃除が主だけど。でも喧嘩《けんか》になっちゃって」

「喧嘩？ え、内申に響かない？ 誰と喧嘩？」

「清掃業者の人と。俺の仕事を奪うなって詰め寄られて」

「ダメだよ。内申点のために雇用を奪っちゃ」

「まあね。でもほら、ついに溜まったんだ。内申点」


全てを「塾の内申点」という虚数に捧げた男、楢山。

彼はほくほく顔で、バッグから透明な水の入ったガラス瓶を取り出す。


「なにこれ？ ポーション？」

「ううん。これまで溜まった内申点。塾の先生がくれた。なぜかめんどくさそうだったけど。もう80 mlも溜まってる」


内申点て、液体なんだ。夕景に透《す》かせば、楢山の内申点は美しい橙《だいだい》の光を俺たちの家路に投射した。こんなものを渡す塾も塾で、おかしい。

いや、やはりおかしいのは楢山だ。

その日以降も、楢山の帰りの挨拶の声量は大きくなり、礼の深さは遂に１８０度を超えて股に顔がめり込んだ。それはもう失礼ではないのか。目元にできたクマは周囲の光を吸収するほどに黒い。頬《ほお》はこけ、日本史資料集で見た蘭学者（たぶん高野長英）を思わせた。掃除の時間もどんどん長くなり、最近では俺が先に帰ることも多くなっていた。

「ちょっと、相談に乗ってもらっていいかな？」

夜十一時過ぎ。突然連絡があり、楢山が家の前に立っていた。

寝ている家族を起こさないように、そっと自室へと招き入れる。何だか様子がおかしい。目は充血し、身体《からだ》中から酒の匂いがする。こいつまさか、内申を稼ぐことに嫌気が差して反動で飲酒でもしてきたのではないだろうな。

「そんなことするわけないじゃんか。今の今まで塾の備品全てをアルコール消毒していたせいだと思う」

事実の方が怖かった。こいつ、こんな時間まで内申を稼ごうとしていたのか。その内申は誰がジャッジするというのか。

楢山は唇を噛みながら、しきりに「でも、でも」と逡巡《しゅんじゅん》している。やがて、

「でも、内申が、まったく上がらないんだ。塾の先生に聞いても、いよいよ苦笑いしかしなくなった。俺、騙《だま》されたのかな」

そう言うと楢山は腕に口を押し当て声を殺しながら咽《むせ》び泣く。日々の挨拶で鍛えた肺活量のせいか嗚咽《おえつ》は押し当てた腕から横溢《おういつ》し、部屋を満たす。

そんな状態の友をしばらく無言で眺めながら、俺は思う。

「そりゃそうだろ」と。

だって、学校じゃなくて、塾だもの。恐らくは本格的な受験シーズンを迎える前に

「現実」を突きつけたのだろう。その点において塾の判断は残酷ながら正しい。涙と鼻水で作りかけのポテトサラダみたいな顔を拭うと、楢山はぽつりと語り始める。

「内申のためにと思って、俺、この数ヶ月間死ぬ気で頑張ったんだ。挨拶、掃除、備品管理、全てやり尽くした。じゃあ何が残っているか。俺なりに、必死で内申の稼ぎ方を考えた」


確かに最近の楢山の行動は見ていて目に余るものがあった。先月も教室に巨大な熱帯魚用の水槽を設置したばかりである。


「みんなの学習環境を整えるのが内申に繋がると思ってさ。最近じゃグッピーを交配させて代々のマークの入った品種を生み出して川に放流したりしてたんだ」

「あれってお前の仕業だったのかよ。そのせいで代々グッピーが在来種を食い散らかして、今環境問題になってるじゃん」

「そうなんだ。俺、最近塾で寝泊まりしているから、ニュースとか疎《うと》くて」

「家にも帰ってないんだ」

「うん。時間がもったいないからね。それで、ちょっとでも塾の先生の負担を減らすために、学力も急に上げただろ？」

「うん。それは正直、引いてる。お前、勉強できないとか言ってなかった？」

「それも内申のためだと思えば、頑張れた」

「そういうもんなのか」

「で、最近じゃ先生たちに休んでもらうために、授業の半分は俺が担当しているだろ？」

「うん。今俺、お前の数学の補講受けてるもん。お前の授業、すごいわかりやすいよ」

「ありがとう。でもそれだけじゃやっぱりダメなんだ。さっき株価の話が出たと思うけど、グッピーの品種改良販売と授業で稼いだお金を全てつぎ込んで、代々ゼミの筆頭株主になったんだけど」

「楢山いま、筆頭株主なの？」

「株主総会で他の株主の意見を全て無視して『代々最高！』の一言で議事を終えさせたりしてる。多分、グッピーの件が問題にならなかったのはそのおかげ」

「経営を牛耳《ぎゅうじ》ってるの？」

「でも、内申が上がらないんだ。これじゃあ良い塾に推薦してもらえないよ」

「なんでまだその段階なんだよ」

「先生たちもさ、塾には推薦できないけれど、希望の大学があったらどこでも入っていいって」

「どういうこと？」

「なんか有名大学からスカウトが続々来ているんだって」

「スポーツとかならわかるけれど、内申でそれあるんだ」

「俺、大学なんて行きたくないんだよ！　塾に行きたいんだよ！」

「何でそこにこだわるんだよ！」


夜風が窓枠を揺らす。

俺が塾で出会った男は、とんでもない男だった。

恐らくこのまま放っておいたら塾の内申のために、飢餓や貧困の問題を解決したり、五輪を誘致したり、オリハルコンを無限に精製したりするのだろう。

一体、どうしてそこまでしてこいつは塾の内申、その先にあると固く信じている塾への推薦にこだわるのだろうか。

「俺、第一志望があるって言ったよな」
「うん、そういえば」
「本当はさ、親が勤めている塾に入りたいんだ。入って、親を安心させる、というか見返したいんだ」

そうだった。楢山の際限なきポテンシャルを焚《た》きつけていたのは「塾の教授」だという両親の存在だった。息子がこんな状態だというのに、親は研究室にこもりきりなのだろうか。差し出がましいかもしれないが、俺から楢山の両親に直接、息子の精神状態を伝える必要があるのではないか。ずっと同じクラスだったらしいけれど、一度も学校では会わなかった楢山。いつのまにか代々ゼミの筆頭株主になっていた楢山。三角関数の教え方が抜群にうまい楢山。そしていつの間にか親友になっていた、楢山。この苦しみから、解放してあげたい。

「楢山さ、もしよければ、お前の両親が勤めている、その塾？　名前教えてくれない？」

「え、急にどうして？」

「頼む。何も言わず、教えてくれ」

当惑していたが、俺の剣幕に気圧《けお》されたのか、やがて楢山は答えた。

「なんか漢字が難しいとこ。慶應《けいおう》、そうだ、慶應義塾《ぎじゅく》」

2章

恋愛

サプライズが裏目に出まくるやつ

朝早くに呼び出されて「なに？」と聞いてもレイジ君は「いいからいいから」としか言わないで、そのままレンタカーで四時間以上かけて、どうやら京都へ向かっているらしいんだけれど「京都行くの？」って途中、何度も聞いてもやっぱり「いいからいいから」の一点張りで、京都に入ってからはいよいよ無言になって、駐車場を見つけるのにさらにそこから手間取って、ようやく着いた頃にはもう昼頃だったんだけど、そこでようやく
「じゃーん」、とのこと。

「何が？」

「サプライズ。じゃーん。ここ、京都です」

「うん知ってるよ。知った上で、京都で何をするか聞いてたのに、答えてくれなかっ

たじゃん」

「ええと、じゃーん。サプライズ」

　色々とサプライズだけど、こっちは何も準備してきてないし。

「女子ってさ、サプライズとか好きって聞いたからさ。今日は一日京都で観光しようよ。じゃーん」

「そのじゃーんて何なの。あと私普通に夜、バイト入れてんだけど」

「大丈夫。バイト先の店長には今日休むと伝えてあります」

「え、勝手なことしないで。店長なんて言ってた？」

「あなた、誰ですかって」

「めちゃくちゃ怖がられてんじゃん」

「だから徹夜で説得しました」

「何その頑張り。ていうか徹夜なの？　寝てきてよ」

「サプライーイズ」

「それ、何なの」

「じゃーん」

「それも何なの」

　驚かせる＝サプライズというわけじゃないんだけど。レイジ君の目は私を見ているのか、虚空《こくう》を見ているのかいつもわからない。

「お腹《なか》空いてない？」

「え、うん。空いてる。だってサービスエリアで朝ごはん食べようって言ってもレイジ君、にやにやするだけだったから。腹ペコだよ」

「そう言うと思って……じゃーん」

　レイジ君は後部座席から「とんかつ」と書かれた箱を取り出す。

「実はカツサンド、用意してます」

「普段だったら嬉しいんだけど、もう京都着いたし、どこかに食べに行くとかしないの？」

「サプラーイズ」

　この場合、どこがサプライズなのだろうか。カツサンドが？　京都での食事を駐車場で済ませようとしていることが？

「じゃーん」

今の「じゃーん」はどこにかかってるの？

「実はあそこ、別の惑星じゃなくて、地球だったんだよね」

「急に何かのネタバレしてない？　大丈夫？　私が楽しみにしてるのじゃないよね？」

「ふふふ、どうでしょう」

どうでしょうじゃなくて。何だろう。血糖値が下がってイライラしてきた。もうカツサンド食べよう。あ、違う。これ海老カツだ。

「じゃーん。サプラーイズ」

「まあ美味《おい》しいから良いんだけどね。ありがとう」

「じゃーん、実は俺、免許持ってません」

「こわ。嘘でしょ？」

「うん。嘘。免許、持ってます。サプラーイズ」

「そういう嘘は冗談でもダメなんだよ、レイジ君」

「わかった。ごめんね」

レイジ君はアホだけど、素直だからそこだけは信用している。でも今は「じゃーん」

に取り憑《つ》かれたのか、事実とサプライズの境界があやふやになってきている。おそらく本人も。

「美容室でシャンプーするときの薄い布、あるじゃん? あれ、作ってるの俺でーす。サプラーイズ」

　ほら、嘘か本当かわからないことを言いだした。
あと嘘でも本当でも、どっちでも良いかな。

「じゃーん」

　そう言ってレイジ君は脱脂綿を薄く伸ばしたような、例の薄い布を手渡してきた。

「じゃーん」「じゃーん」「じゃーん」

「いや、じゃーんの数だけいらないよ」

　とりあえずそれで海老カツサンドで汚れた口元を拭う。さて、これからどうしようかな。せっかく京都に来たんだし。「どうする? 金閣寺とかいく?」

　レイジ君が急に黙る。いや、よく見ると黙ってない。唇が少しだけ動いてる。よく聞くと「ジャカジャカジャカジャカジャカ」と言っている。わかった、ドラムロールだ。

「じゃーん！」

今日一番のじゃーんだ。京都の町にレイジ君の「じゃーん」が響くの、今思えばすっごく恥ずかしい。

「え、今度は何？」

「実はここ、京都じゃありません」

「え！」

私も私で思わず叫んでしまった。このリアクションにはレイジ君も満足しているらしい。嬉しいのか鼻の穴が膨らんでる。京都じゃないの？　騙《だま》されてた？

「レイジ君、どっちなの？」

また口元で「ジャカジャカ」言い出した。ドラムロール待ちだ。時間もったいな。

「じゃーん！　サプラーイズ」

「だからどっち！」

人生で一番無駄な時間を過ごしている気がする。あとで振り返った時に「実はあの何でもない時間が最も大事だった」みたいなことにもならない、そんな時間。

「ここは、京都じゃ、じゃーん、ありません！」

じゃーんの挟み方おかしいけれど、やっぱりそうなの？あたりを見渡す。確かに遠くに見えている五重の塔らしきものは言われてみれば微妙に歪《ゆが》んでいるし、その奥に連なる山々も今思えば、初夏とは思えないほどに紅葉してる。確かに、ここ何か変かも。

「ここは……」

「ドラムロールはいいから。教えてよ」

「ここは、高速の出口を間違えて迷い込んでしまった、異次元空間のようです！じゃーん」

「じゃーん」に取り憑かれるあまり、自分ごと異次元に迷い込むなんて、レイジ君にしかできない。とはいえ、確かにさっきから「薄い布」がレイジ君の周りを式神みたいに舞っている。急に足元の石畳《いしだたみ》がごとごと動き出して、周囲の日本家屋を囲む塀が波打ち始め、湾曲している。地響きとともに、遠くから石造りの鳥居たちが、歩いてくるのが見える。あ、まずいこれ。マジで異次元空間だ。取り込まれてる。

「サプラーイ！」

　しかもレイジ君本人がもう混乱してるじゃん。サプライは供給とか、そんな意味だよ。

「落ち着いてレイジ君。多分、ここは君が作り出した世界だよこれ。閉じ込められる前に、戻ろう？　どうすれば良いの？」

　取り乱すレイジ君を諭《さと》すように、問いかける。例の虚空を見つめる目が、初めて私を捉えた、気がした。

「じゃーん」

「うん、どうすれば良いの？」

「僕も、ちょっとわからない、でした」

そう言うとレイジ君は意味もなく「じゃーん」を連呼し続ける。それ意味ないから。薄い布がこの世界に増えるだけだから。

世界は崩壊寸前だ。山肌やら割れた石畳やらから突然、何十層もの裳階《もこし》が備わった塔が生えはじめ、その突端が空にぶつかると、青い薄片が降って、私たちの皮膚を傷つける。異次元空間自体がパニックを起こしている、そんな感じ。冷静なのは、私だけだ。薄い布に包囲されて身動きできなくなってるレイジ君を無理やりレンタカーの助手席に座らせて、キーを回す。


「じゃーん」私も初めて言ってみる。「実は私も運転できまーす」。やっぱりアホっぽい。エンジンをかける。薄い布たちが、フロントガラスに張りついて、ほとんど見えない。一点に収斂《しゅうれん》しようとしている小路の出口めがけて、思い切りアクセルを踏み込んだ。「じゃーん。実は結構、スピード出せるタイプでしたー」。重力がみぞおちを圧迫する。祈るように、空間の裂け目を目指す。あたりが光に包まれる。目がくらむ。

レイジ君は大丈夫かな。そっと横を見やる。普通に寝てる。そういや徹夜だったっけ。今日イチ驚いた。

バレンタインで下駄箱にチョコ詰められてキレるやつ

なかなか見込みのある子が入ってくれたものだ。

江戸より続く老舗和菓子屋「菊楽」の主人は、熱心に金平糖《こんぺいとう》作りに励む、ブラジルから来た青年、ミゲルの手さばきに目を細める。

「菊楽」の名物はなんといっても金平糖である。

それも昔ながらの伝統的製法を踏襲したものである。

砂糖の結晶を巨大な回転鍋に入れ、そこに熱した蜜をかける。蜜の粘性で、金平糖の「角《つの》」が徐々に徐々に発生していく。一回の蜜で成長する「角」はほんのわずか。鍋の傾斜と、回転速度、並びに温度管理は全て熟練の職人の勘に委ねられており、完成するまで一ヶ月は要するのだ。「菊楽」に限ったことではないが、後継者不足に悩んでいた主人にとって、突如現れたこの青年はまさに救世主だった。

「ここで、働かせて、もらいます」
二週間前、赤毛の青年が突然玄関先に現れて、そう言った。こちらに選択権はない、すでに決定事項としての弟子入り志願は主人からして多少想定外ではあったが、人手不足の現状においては手放しに大歓迎である。国籍などまったく問題ない。全てはやる気だ。その点において、ミゲルと名乗ったその青年の燃えるような目つきはどうだろうか。多少、泣きはらしたようではあるが、闘志がたぎって溢《あふ》れそうだ。
「今すぐ、今すぐ、はじめさせてください」

その強引さに多少、辟易《へきえき》するところもあったが、先述の通り贅沢《ぜいたく》を言っていられない。この青年が心変わりする前に、弟子として認めてあげなくては。

ほどなくしてミゲルは「菊楽」に住み込みで働き始めたわけであるが、まるで取り憑《つ》かれたかのよう。一心不乱に回転鍋の前に立ち、唇を尖《とが》らせながら、金平糖の核に熱した糖蜜《とうみつ》をかけ、ゆっくりと回転させていく。当然、一回の工程で伸びる「角」はミリ単位。ミゲルは焦《じ》れったそうな目つきで、ひたすらこの工程を繰り返す。ああ、地球の真裏から、こんな頼もしい後継者が来てくれるだなんて。作業着姿のまま鍋の横で眠るミゲルに主人はそっと毛布をかけると、夜空にきらめく星と鍋の中の金平糖を重ね、微笑《ほほえ》む。

　さて、ミゲルの異様さに気づいたときにはもう遅かった。

　弟子入りから一ヶ月が過ぎようとしている頃。すっかり安心してミゲルに明け渡していた回転鍋の中を覗《のぞ》きこみ、愕然《がくぜん》とする。なんだこれは。

　鍋のなかにあったのは「菊楽」自慢の金平糖ではなかった。

「なんだこれは」

　拳ほどの核に、無数の角が生えた、奇妙なオブジェがたくさん転がっていた。それすなわち、金平糖のなれの果てである。不眠不休で、糖蜜をかけ、角を成長させ続けたら、金平糖はこんな禍々《まがまが》しい姿になるというのか。何よりも恐ろしいのは、さっきからこちらを眺めるミゲルの嬉しそうな顔である。

「親方、お世話になりました。これで、あかりさんに復讐《ふくしゅう》できます」

復讐。今、この青年は何と言ったか。

何か、大きな勘違いをしていたのではないか。みぞおちが軋《きし》むような恐怖を覚える。

「ミゲル、復讐って、何を言っているんだい？」

「親方、今更何を言っていますか。ですから、僕はバレンタインデーに、大好きなあかりさんに、チョコレートを下駄箱にねじ込まれる嫌がらせを受けました。日本のイベントは陰湿です。ところが、聞くところ、その一ヶ月後に、ホワイトデーという復讐の機会が設けられているというではありませんか。そう、明日です。この脱法マキビシで、あかりさんに相応の罰を下します」

そう、確かにミゲルはバレンタインデーにおいて、好意を抱いていた女子からのチョコレートを単なる嫌がらせと判断するや、刹那《せつな》にして情愛は憎悪に一転。級友から聞いたホワイトデーなる日を、日本政府公認の復讐の日と合点し、来るべき明日に備えていた。とはいえ、今しがた語った事情を主人が飲み込めるはずもなく、ただミゲルが江戸時代より愛されてきた金平糖を、法律上危険物でなく食品扱いのできる

「脱法マキビシ」であると勘違いしていたという事実のみ理解するや、膝《ひざ》から崩れ落ち、回転鍋に突っ伏し、さめざめと泣いた。泣いて、泣いて、顔をあげれば、すでにそこにミゲルの姿はなかった。復讐の鬼は、世に放たれた。

果たして、ホワイトデー当日。

ミゲルに心を寄せていたあかりは、泣いていた。

机の上には、ミゲルが、この一ヶ月、復讐心のみでこしらえた憎悪の塊。

ただし女子からすれば、ミゲルが、チョコを渡した相手がくれた、星の結晶のようなプレゼントにしか見えない。自らの愛に、ミゲルはさらなる愛で応えてくれた、そのように受け取って彼女は感涙する。

ミゲルも泣いていた。マキビシだというのに、調子に乗って大きく作りすぎた。なんで途中で親方も止めてくれないのだ。あんな巨大では相手が踏むはずもない。結局、どこに置くこともできず、相手の机の上に置き、こっそりドア陰より様子を窺《うかが》っていれば、相手はダメージを受けるどころか、なにか嬉しそうに、笑顔で涙を流している。

まるで、大切なものを受け取ったかのように。なんて意味のない、一ヶ月だったのだろう。ミゲルは、虚《むな》しくて、虚しくて、ただ涙を流す。

さて、担任も泣いていた。今しがたの朝の職員会議にて、留学生であるミゲルが卒業の間際で登校拒否になったことの責任を問われ、ただただ泣いた。普通に泣いた。

ミゲルのクラスメイトの男子たちも、泣いた。ミゲルが戻ってきて、ホワイトデーであることを自覚した途端、自らが一切、こうしたイベントの恩恵に与《あずか》れなかった現実に耐えきれず、泣いた。泣いても、泣いても、角など生えず、何の鬼にもなれないまま、世に放たれていく。

寝る前に羊数えてたら見失ったやつ

羊が一匹。羊が二匹。羊が三匹、三匹……あれ。

待って、少なくない？

スミは目を凝《こ》らす。つい先ほどまであれほどたくさんの羊がいたというのに、ちょっと目を離したすきに、急に数が減った気がするのだ。

落ち着いて、もっかい数えよう。ええと、羊が、一匹、二匹、三匹、四匹、五匹…

あ、この羊は最初に数えたやつか。

「ちょっともうみんな、動かないで！」

スミの声は虚《むな》しく草原に消えていく。やっぱり、おかしい。だって、さっきまで普通に二百匹くらいいたし、五匹だけなんて、さすがに減りすぎ。

「どうしちゃったの？羊、減っちゃったねえ」

後ろから随分と間の抜けた声がする。

振り返れば、ブルゾン姿のおじさん。ええと、誰だっけ。そう、田沼さん。この牧場の経営者、というわけでもなくて、単なる初老のおじさん。その田沼さんが心配そうに、スミの方を窺《うかが》っていた。

「田沼さんやっぱ、減ってますよね？」

「減ってるよ、だってさっきまで視界の端から端まで羊だったもの」

「今日中に探しとくんで、田沼さんは戻っててください」

うん、あんまり無理しないでね。とだけ言い残し、田沼さんは踵《きびす》を返した。

さて、そうは言ったものの、一人で全ての羊を探して数え切るのは大変だ。


スミは目を覚ます。隣でかなめが静かに寝息を立てている。こっちは羊を数えないといけないのに。急に腹が立ってきた。

「ねえ、寝てないで」かなめのまぶたを思い切り引っ張る。

「起こすにしても、そのやり方は違うだろ」

「そんなこと、今いいから。かなめも羊数えて？」

「羊？」
「羊。私だけに数えさせないで。ていうか、田沼さんに申し訳ないと思わないの？」
「誰？」
「いいから、私先行くね。手伝ってよね」

スミは鼻息荒く、再び目をつむる。まぶたが落ちる前にはもう意識は先ほどの草原へと移動していた。さて、羊の数はというと「え、いいじゃん」。

それはもう羊とくれば、ひしめいていた。

「ひしめく」って漢字で書くと羊が三つじゃなかったっけ。スマホで変換する。「犇《ひし》めく」。牛だった。まあいいか。羊たち、戻ってるじゃん。スミは鼻歌まじりで、あたりを見渡す。さてかなめはどこだろう。あ、いた。羊に埋もれてる。スミは犇めく羊らの背に乗ると、ふわつく足元を蹴飛ばして、かなめのもとへと向かう。伸びている手を引っ張る。かなめが「スポン」と抜けた。なぜか田沼さんと同じブルゾンを着ており、帽子のつばが羊に半分ほど食べられている。

「よかった。来てくれないと思った」

「まあ、急に言われたから、羊たちを連れてくるのに時間がかかったけど」

羊たちを連れてくる？何を言っているのか。

「ちょっと待って。え、これ、かなめの所の羊たち？」

「うん。こっち来たら、全然羊いないから戻って連れてきた」


スミは怒りに任せて飛び起きる。眠るかなめの頬《ほお》を平手で打つ。夜が破かれ、かなめもさすがに飛び起きる。

「え、何？俺、何かした？」

「羊、かなめのじゃ意味ないじゃん」

「はあ？」

「私の羊じゃないと、意味ないの。かなめの所の羊はかなめの所の田沼さんに報告しないとダメじゃん。絶対、田沼さん困ってるよ、もう」


スミは田沼さんへの罪悪感で胸いっぱいのまま、再び草原へと意識を落とす。一体、田沼さんに、何て言おうか。ごめんなさい、だろうか。それとも「まだ頑張ります」だろうか。いや違う。「あなた誰でしたっけ?」だな。そろそろちゃんと聞かないと。
さて、再び草原に着地し、周囲を見渡すと、視界を覆い尽くすように田沼さん。田沼田沼田沼《ひし》めいていた。「あ、ちょっと、僕のこと、数えてもらっていい?」一人の田沼さんがスミに気づく。すると一斉に、他の田沼さんがスミに向かい「数えてもらえる?」「数えてもらえる?」「数えてもらえる?」と迫りくる。「いや、どんなに数えても田沼さんは一人しかいないから!」

　事務椅子で目を覚ます。慌てて窓の向こうに目をやる。麗《うら》らかな日差しの中、羊たちが今日も元気に牧草を食《は》んでいる。その数に変化はない。かたわらには昼頃、牧場見学に来たカップルが歩いている。田沼さんは、ため息をつく。何度数えても、今日も客は一組。一組。一組。

ドリンクバーで口説くやつ

火蓋《ひぶた》が切られた。まったく意味のない火蓋が。

両陣営、つまりは私と先輩の西田さんが対峙《たいじ》する。

ちらと西田さんの手元を見やる。メロンソーダが炭酸を弾けさせて、静かに佇《たたず》んでいた。しまった、かぶった。私が運んできたのもメロンソーダなのだ。

「あちらのお客様からです」

例のごとくそう切り出す。あちら、といっても私は私の客、西田さんは西田さんの客からそれぞれこのメロンソーダが運ばれてきている。あとは、この気だるそうに頬《ほお》杖《づえ》をついているセミロングの女が、どちらのメロンソーダを受け取るかどうかなのだが……

女はというと、蓄音機からシャンソンが流れてないと許されないようなポージングのまま、しばらく思案したのち西田さんの方のメロンソーダを受け取る。なんでだ。

思わず、自分のと相手のメロンソーダを見比べる。

そうか、氷か。完敗だ。ところが西田さんは別段勝ち誇った顔をするわけでもなく、抗重力筋《こうじゅうりょくきん》を全て失った表情をしていた。私にはわかる。これはバイト特有のただ時間の経過を待っている時の表情だ。そして本来、バイトはこの顔をしているべきなのだ。そもそも一体、何が悲しくてこの世で最も意味のないデュエルに興じることになったのか。


まず、仕掛けられたのは私の方だ。

「あんさ、ちょっといいですか」

キッチンに戻る途中、見るからに軽薄そうな茶髪の客に呼び止められた。

「これ、あの子に、俺からって」

そう言って差し出されたのが例のメロンソーダであった。

「いや、あの」

「さりげなくね」

さりげなくも何も、ここはファミレスであり、男が身を預けているのはドリンクバーの台である。廉価で大量にドリンクを消費可能にするシステム。清涼飲料水の強制労働と言っても過言ではないが、何をどう勘違いしたのか男は平然と今そこで注《つ》いだばかりのメロンソーダを、ナンパに使おうとしている。そもそもドリンクバーを他人にあげてはいけない。

無視して立ち去ろうとしたその瞬間、対角線上に先輩の西田さんが見えた。西田さんもやはり同じように別の軽薄そうな男に声をかけられ、女に何か持っていくよう請《こ》われているらしかった。そして中間地点に例の、峰不二子《みねふじこ》を20倍に希釈したような女が頬杖をついていた。基本的に客の要望には忠実な西田さんは当然のように、このジェネリック不二子を巡るデュエルに巻き込まれ、私も私で「断りきれない」という極めて消極的な理由でもって現在の状況に身を投じたのである。そして、負けた。

「あの、ダメでしたけど」

私は目を伏せながら、客にそれだけ伝えて、足早に立ち去ろうとする。一応、言われた通りのことはしたのだし、受け取ってもらえなかったのは、氷を入れ忘れるという、この客の痛恨のミスによるものだ。

「ちょっと待ってよ」

肩を掴《つか》まれる。肩甲骨《けんこうこつ》周りの筋肉が一気に硬直し、肺から「ひゃい」と絞ったような声が出る。

「負けっぱなし悔しいじゃんか。そう思わん？」

思うか。タダでさえ低気圧で耳の奥が重いんだから、これ以上余計な仕事を増やさないでほしい。男はスマホの画面を必死にスクロールしていたが、やがて破顔し、得意満面に画面を突きつける。

「これ、次はこれを持っていって。そこで俺はターンエンド」

もう完全にデュエルじゃん。男の画面にはこのファミレスのアプリが表示されており、誕生月限定の半額ハンバーグが燦然《さんぜん》と輝いていた。

「今、使わないでいつ使うんだって話だよね？」

同意を求めてくるな。お前がハンバーグを食べたい時に、それは使うんだよ、とは言えないまま、私は厨房《ちゅうぼう》にオーダーを送信。

調理を待つ間、ジェネリック不二子の様子を見る。今思えばこいつ、入店してから何も注文していない。つまり客ですらないじゃないか。席に座っていれば、当然のように己を巡って争うデュエルが始まっているのだ。まさか自分のバイト先にこんな女帝が君臨していようとは思ってもみなかった。羨ましくないかといえば、多少嘘になる。

「あちらのお客様からです」

二戦目。まず私らのターン。熱々の鉄板の上、当店自慢のハンバーグが鎮座している。女は一瞥《いちべつ》をくれると、そのまま西田さんサイドの注文を待つ。

「お待たせしました。こちら、あちらのお客様からです」

西田さんが合成音声のような抑揚で持ってきたのは、やはり同じくハンバーグであった。何この対決。私が知らないだけで、定石があるのだろうか。またしても女はしばらくの間、過去の男たちとの戯れを回想、でもしていないと説明がつかない遠い目をしたのち、静かに西田さん側の鉄板を自分の方へ引き寄せた。また、負けたというのか。でも今度は一体なぜ。

女は静かに、ハンバーグにナイフを入れる。溶岩のようにチーズが溢れ出す。勝敗を分けたのはチーズインか否か。その差額、クーポンを使ってわずか１５０円。

「正直、持っていく身にもなってほしいです」

連敗の報告を行うついでに私は不満をその客にぶつける。ただでさえ、アホなことに付き合っているのだから、せめて勝利をもたらしてほしい。時給１３００円では得られない、そんな勝利を。もう気づいている。私はもう、ノリノリである。

しかし、私の客は想像以上にアホだった。もうそれ以上の策はなく、二杯目のメロンソーダを持っていくと言って聞かない。相手はメインを食べ終わったのだから、やはり最後は「デザート」ではないのかと私なりにアドバイスすれば「もうハンバーグでクーポンを使ったので、他のクーポンと併用はできない」と、はなから「定価で払う」という選択肢がない。挙句のはて、もっとこう、貴重なもので気を引きたいなどと抜かし、レジ奥に貼ってある「食品衛生責任者」の札を持っていこうとする。嬉しいわけないだろう。

「あちらのお客様からです」

三度目の対決。私の盆には、あの男が手の甲を噛みちぎらんばかりに苦しみながら注文した「定価のチーズケーキ」が載っている。そうは言っても３８０円である。女はいよいよこちらに見向きもしない。さすがに腹が立つ。あの男がどんな想いであなたにこのケーキを頼んであげているか、あなた、わからないでしょう？　私もわからないけれど！　でも、とにかくせっかく好意を寄せてくれているのだから、多少アホでも一瞥くらいくれてやったらどうなのか。あと何か頼めよ、馬鹿野郎。

「お待たせしました」

顔を上げる。目の前にいたのは西田さんでなく、店長だった。最悪だ。ついに周りの客から店員と客が何やらふざけている、といったクレームが入ったのだろうか。最悪なことに、私は当事者だ。

「あちらのお客様からです」

店長はそう言うと一番安いピーチゼリーを女の前に差し出した。向こうを見る。西田さんとその客が祈るようにこちらを見つめている。これはどういうことか。恐らくは同じく金欠であるらしい先方が、せめてものラグジュアリー感を演出しようと配膳する人物を店長に替えてみた、そういうわけなのだ。アホだ。このファミレス、全員がアホだった。

結局、峰ジェネ子は店長が持ってきたゼリーをひょいと手に取ると、さほど長くない髪をかきあげた。勝敗は決した。私たちは三連敗。無駄に惨めだ。相手陣営が狡猾《こうかつ》だったわけではない。むしろ金欠の中、よく「店長をけしかける」という奇案を思いついたものだ。それは賞賛しても良い。ただ、私の客もアホなりに頑張ったではないか。せめてその努力くらい、多少報いてあげても良いのではないか、などと思い始め、気づけば、

「あちらのお客様たちからです」

そう言うとこれまでこのデュエルで注文されてきた全ての「お会計」を女の卓に置いて、さっさと退勤した。

わんこそばよく噛《か》んで味わうやつ

お行儀が悪いと怒られている。岩手まで来て。彼女に。スミちゃんに。

「あのね、かなめくん。そんなに一口で食べちゃったらダメ。もっと作ってくれた人の気持ち考えてほしいの。私、お蕎麦《そば》の食べ方にはちょっとうるさいんだ。まず良いお蕎麦はね、見た目から楽しむの。ほら見て、東京で食べるお蕎麦と違って、少し透き通っているでしょう？　きれいじゃない？」

「うん、きれいだね」

「そして何より香り。次にお蕎麦の香りを楽しむの。こうやって目を閉じて、ゆっくり鼻から深呼吸して。ほら、お蕎麦の爽《さわ》やかな香りがして、蕎麦畑にいるみたい」

「ああ、蕎麦畑ってイメージわかないけれど、うん、いい香りだね」

「そうなの。で、そこでようやくお箸《はし》を持って、お蕎麦をつまむの。でもツユも薬味もつけちゃだめ。唇で挟んで、そっと噛み切って、お蕎麦本来の味わいを楽しむの。ここまでして、やっと、お蕎麦の繊細な味わいがわかるんだよ？」

確かにスミちゃんの言う通り、蕎麦を真剣に味わうなら今の手順を踏むべきだろう。

「でも、スミちゃん。今俺らがいるところ、わんこ蕎麦のお店だから。なんていうか、それは普通のお蕎麦屋さんでやるべきじゃない？　まだ俺たち、一杯しか食べてないよ。ほら、後ろで配膳係の人たちが渋滞起こしちゃってるから」

岩手県旅行。最近では少なくなったという「わんこ蕎麦」のお店に行こうと提案したのはスミちゃんの方だ。もしかしたらスミちゃん、「わんこ蕎麦」を「信州そば」みたいな括《くく》りの一つだと思っているのかもしれない。

「おい、どうなってんだ」「余ってんだったら、こっちこいよ」

まずい。俺たちが引き起こした配膳係の渋滞が、他の「わんこ蕎麦」卓に迷惑をかけはじめている。

「どうなってんだよ、あと二杯で日本記録なんだが」

「こっちがどんな思いで比叡山で千日間歩き続ける荒行を終えてきたと思ってんだよ」

ああ、かなりやばい。日本記録の樹立を妨げちゃってるし、お腹を空かせるためだけに限りなく仏に近づいてきた挑戦者もいるし、さっきから配膳係の人の顔色が蕎麦の色と同じだし。脳内蕎麦畑で、薬味たちと踊っているスミちゃんを現実に引き戻す。

「スミちゃん、ダンス中にごめんね。ほら、そういう味わい方は他のお蕎麦屋さんでやろうか、一緒に。わんこ蕎麦のお店って別に味わう必要ないところだから。たぶん味度外視で、喉《のど》越し一本で勝負してるところだと思う」

「最低！　謝って！」

なんか打《ぶ》たれたんですけど。

耳がキーンとして、周囲の音が消えた。

違う、本当に静まり返っている。他の「わんこ蕎麦」客も呆気《あっけ》に取られこちらを眺めている。いや、あなた方は早く食べなよ。

「味わう必要がないなんて、お店の人に失礼でしょ？　どんなお蕎麦屋さんだって、毎日毎日、死ぬ気で、蕎麦の道を極めようと努力しているんだから。こちらのお店だって、味で勝負しているの。そうですよね？」

急に振られた配膳係の女性は、すっかり混乱している。

伸びてしまったであろう「わんこ蕎麦」が載ったお盆を、いったん傍《かたわ》らに置き、くるりと振り返って後ろで控えている次の配膳係の人に「うちって味で勝負してる？」と投げかける。さて後ろの人もまた振り返り「うちって味で勝負してる？」と同様の質問を投げかけ、渋滞していた配膳係は厨房までの伝達係に早変わり。ぐらつく大鍋で蕎麦を茹《ゆ》でる主人の耳にも「うちって味で勝負している？」という無垢《むく》な質問が届く。蕎麦の束を持つ手がはたと止まる。

どたりどたり、まっすぐ大股《おおまた》で、でも配膳係が廊下から客間にひしめいているので、結局はカニ歩きで、スミちゃんの前に、血相を変えた主人がやってきた。血相を変えないでほしい。世の中、テロと血相を変えた蕎麦職人ほど怖いものはないのだから。

ところがスミちゃんときたら慈《いつく》しみに満ちた笑顔で迎える。主人はほだされるように、スミちゃんの前で跪拝《きはい》する。すでに泣いている。

「い、いつか、誰かが、その言葉を、言ってくれると思っておりました。私も、今じゃあケチなわんこ蕎麦屋ですがね、それでも蕎麦職人です。本当は、味で、味で、勝負したいんです。でも、『岩手ならわんこ蕎麦っしょ』という地域全体に流れるノリが、気づけば呪いとなって、今の今まで、本当の気持ちを偽り、とりあえず怒られない程度の蕎麦を茹でて参りました」

なんたる懺悔《ざんげ》が始まったんだ。あなたが今、「怒られない程度の蕎麦」と言ったものを、うちのスミちゃんは、一本一本味わって、大絶賛していたんだぞ。あと、配膳係の人も、目頭押さえてないで、他の人らにその蕎麦を早く。

待ちぼうけを食らった記録用の将棋駒が、恨めしそうにこちらを見ている。

「これからは、心を入れ替えて、本格的な蕎麦屋を目指します。それこそ、老境に差し掛かった作家がふらっと立ち寄って、板わさと蕎麦焼酎で、昼から一杯やるような」

なんか小癪《こしゃく》だな。蕎麦で勝負しろよ。

などと思いながら、店を後にした。

「あーん、なんだかお腹減ったねえ」

「そうだね」

なにせ二人で食べた「わんこ蕎麦」の数は合計一杯。スミちゃんは、結局、味わいすぎて、完食すらできなかった。思えば、その前に入ったわんこ蕎麦店でも同じく、主人を〝目覚め〟させてしまったせいで「わんこ蕎麦」の提供がなくなり、食べられずじまいだった。

「せっかく岩手まで来たのになあ。あ、あそこ、わんこ蕎麦って書いてあるよ」

「うん」

今日でもう三軒目。現在、数が減っているという「わんこ蕎麦」のお店。

ここにきて、それこそ「わんこ蕎麦」のペースでなくなっていく。

スミちゃんのせいで。

3章

仕事

コンビニに弟子入りするやつ

店の裏手で一服していると、

「弟子にしてください」と頭を下げられる。

今どき珍しい若者もいたものだ。しかし、答えは決まっている。ダメだ。

「君、今朝もいた子だよね？　朝も言ったけど、弟子は取ってないから」

熱意にほだされて、弟子を取るようなことはしていないのだ。

「いいえ、それでも、弟子にしてくださるまで、ここを動きません」

「だから、何度もそう頭を下げられても困るのよ」

なぜならば、うちは、コンビニなのだ。コンビニ店長である俺に弟子入りを志願してきた。今どき珍しい若者、というか、どの世代であっても浮く珍奇ぶりだ。

「君、名前は？」

「カタカナで、レイジです」

「カタカナなの珍しいな。あのね、レイジくん、何でそんなに弟子になりたいのよ？」

「はい。このコンビニで食べたチキンの味が忘れられなくて、一生をかけて、このコンビニでチキンを作りたいって、そう思ったんです」

「お客さんの声としては嬉しいけどさ、別にどのコンビニも一緒だから。うちのコンビニ、全国展開しているし。冷凍チキンを規定の温度と規定の時間で揚げて保温するだけなのよ。どこも味、一緒だから」

「そんなことないです。この間、京都へ旅行した時に食べたチキンは、なんか柚子胡《ゆずこ》椒《しょう》が効きすぎてて、好きじゃなかったっていうか、とにかくここのチキンが好きなんです」

「それさ、たまたま関西限定フレーバーを食べただけだから。もう、戻るけどいい？」

「え、弟子入り、認めてくれるということですか？」

「違うよ。どこからそのサインを感じた？　もうバックヤードに戻らないといけないから」

　実際、バイトの田崎が「てんちょー、どこー？」と探している。あいつはあいつで、俺を舐《な》めすぎているが、いずれにしても戻らねば。

「とにかく、うちで働きたいなら履歴書持ってきて。話はそこからだから」

　そう言うとレイジと名乗る青年はまるで目を潤まさんばかりに見開き、「ありがとうございます！」と頭を下げる。また勘違いさせてしまったかもしれないが、田崎が「店長、なんか甘いパン全部万引きされてるんですけど」と信じられないことを言うので、戻る。


　深夜2時。幸い、甘いパン万引き事件は別のバイトの内田が「廃棄の先取り」と称して、バックヤードに溜め込んでいることが発覚しただけだったので、二、三発のビンタで事足りたが、まったくもって雇われ店長のコンビニ経営は難儀だ。あえて定価で買った缶コーヒーを片手に、再び裏手の喫煙所に回る。火をつける。ゆっくりと煙を吸い込む。肺に染み渡らせる。吐く。目を開ける。レイジがいる。

「いるね」

「はい。弟子にしてくれるまで、ここを動きません。それと、これを」

　レイジ青年は、昼間話した履歴書を差し出す。月明かりに照らせば、名前、学歴、志望動機、そういうのは特になくデカデカと「弟子にしてください」と書いてあった。

「そうか、弟子になりたいのか」

「はい。弟子にしてくれるまで、ここを動きません。逆に言えば、弟子にさえしてくれれば、ここを動くことができます。トイレに行きたいです」

俺は彼を、動かしてあげることにした。


翌日、「今日から俺の弟子になったレイジくん」と紹介した時のバイト連中の困惑ぶりは計り知れない。弟子とは何か。時給は発生するのか。この場合、後輩として扱って良いのか。様々な疑問が彼らの頭に浮かんでいる。彼らに言えるのは「俺もわからん」ということ。レイジにはとりあえず「俺の背中を見て学ぶように」とだけ伝えた。


「あの、おトイレ、貸してもらえます？」

よく来る近所のお婆ちゃんが、店先を掃除しておくよう命じたレイジに話しかけるのが見えた。タバコついでにぼんやり眺めていればレイジはまったく見向きもしない。

「あの、おトイレ、いいかしら」

　と再び話しかけられたところで、レイジがようやく、

「すみません、俺、ここのチキン師匠に弟子入りしたばかりで、接客なんて、まだまだです。でも、いつか必ずチキン師匠と同じくらい美味しいチキンを揚げられるようになるって、そう決めているんです」

　あ、違うなレイジくん。吸いかけのタバコを灰皿に押し付け、「どうぞどうぞ」と慌ててお婆ちゃんを店内に誘導する。レイジくんに言いたいことはたくさんある。別に接客して良いだろ、勝手に夢を語るフェーズに突入するな。俺をチキン師匠と呼ぶな。


　深夜。バイトもいないワンオペ業務であるが、客もいないので、バックヤードにある小さなパイプ椅子に腰掛け、ぼんやりスマホをいじっていれば、背中に強烈な視線を感じる。

「レイジくん、どうした?」

「いえ、深夜なので、長めに背中を見ておこうと思って」

「深夜料金的な考え方はあるんだ。なんだよ、長めに見ておこうって」

「師匠、今よろしいですか?」

レイジくんは何やら保存容器を紙袋から取り出す。

「俺が作ったチキン、食べてもらっても良いですか？」

「え、もうその段階？　昨日、弟子になったのに？」

「はい。チキンを食べてもらうまで、俺ここを動きません」

「その戦法しかないの？　バックヤードってめちゃくちゃ動線だから邪魔だよ？」

差し出された揚げ鶏を一口頬張《ほおば》れば、それはもう美味しすぎて言葉を失う。最初から、うちのチキンの味を超えてくるのは違うだろ、レイジくん。

「どこで、これほどの料理の腕を？」

「はい。師匠に弟子にしてもらうために、実は一年ほど銀座の和食割烹《かっぽう》でバイトをしていて」

レイジくんに言いたいことはたくさんある。

バイトの概念あったのかよ。銀座でみっちり修行してんのかよ。もう教えること何もないのかよ。

気まぐれサラダが大赤字のシェフ

本部から大赤字と聞いていたが、見ての通りの満席。一安心だ。店長兼シェフを任せている大和田くんに聞けば、この後も予約でいっぱいだという。もし何か不備があるのであれば、オーナーとして注意しなくてはと思っていたが、杞憂《きゆう》に終わりそうだ。店内の掃除も行き届いているし、ホールとキッチンの連携も申し分ない。


「斎藤くん、こちらA席に運んじゃってえ」

大和田くんに促されるまま、流れるようにウェイターは何とも絢爛《けんらん》な料理を客席へと運んでいく。さて、あんな料理、うちは出していただろうか。

「お待たせいたしました。こちらシェフの気まぐれサラダです。上にのっている松阪牛のステーキと、サラダの下のフォアグラとキャビアソースをよく絡めてお召し上がりください」

　どうやら、聞き捨てならない。

「え、大和田くん、あの料理なんだって？」

「あれすか？　よくあるじゃないですか。いわゆるシェフの気まぐれサラダってやつです」

　気まぐれサラダ。有り合わせの野菜で作ったものだったり、新しいドレッシングを試すときだったりする時に、そんな名称のサラダを出す店はあるが。

「あれ、いくらで出してるの？　凄《すご》い食材使ってなかった？」

「あ、８００円です」

「いや、８００円で出してるの？」

「そっすね。お客さん喜んでくれるんで。斎藤くん、この気まぐれサラダ、ＢとＣ席に」

「そりゃそうだよ。破格が過ぎるって。絶対それじゃん、赤字の理由」

「え、キャビアって、そんな高いんすか？」

「もう値段もわかってなかったのかよ。お客さんからしたら気まぐれどころか、やけくそだって、これ」

「え、そんなやばいんですか。お客さんが喜ぶ顔が見たかったから、つい」

「それは良いことだけどさ。とにかくこのままじゃお店潰れちゃうから、気まぐれサラダ、禁止ね、禁止」


大和田くんに「資本主義の成り立ち」から説明しなくてはならないと思っていると、店内奥に座っていた若い男性客が唐突に立ち上がり、こちらのキッチンカウンターの方へ真っ直ぐ歩いてくる。少々、ガラが悪い。

「まったく、この程度の気まぐれで満足しているようじゃ、ダメだな」


「だ、誰ですか、あなたは」

大和田くんが呆気《あっけ》に取られているが、本当に誰だ貴様は。

しかし男はかまわず続け、「一週間後、この店に集まってください。本当の気まぐれサラダってやつを教えてあげますよ」などと抜かして去っていった。

例の美食対決パターンじゃないか。

大和田くんときたら、一丁前に悔しそうな顔をしているが、そもそもここは私のお店だ。一週間後に集まるとは「貸切予約」という解釈で合っているのだろうか。あともう気まぐれサラダは廃止なので、「究極の気まぐれサラダ」か何かが生まれようと、知ったことではない。


一週間後。なんだかんだ気になって店に顔を出せば当然のごとく、「審査委員長」のような席に座らされる。どうやら右手の長卓《ながたく》が大和田くん陣営、左手が相手陣営らしい。いつのまにかきっちり「両陣営」と「対決構造」が生まれていることが不思議でならない。私の脇には初対面なのにワケ知り顔の白髭《しらひげ》を蓄えた老人と、「完全に森《もり》鴎外《おうがい》」が何やらヒゲを撫でながら、ワクワクしている。ワクワクすんな。無駄に緊張感漂《ただよ》う中、まず大和田くんが立ち上がり口火を切る。

「私たちは改めて気まぐれとは何か。その本質を考えることにしました」

そう言って指を鳴らすと、このために臨時で雇ったらしいウェイター達が、大皿に盛られた「気まぐれサラダ」と思《おぼ》しきものを配膳していく。

「気まぐれの本質とは何も考えないことです。したがって当日のさっきまで、私は何かピンチの王様を助けるパズルゲームをして過ごすことにしました。そしてそろそろ準備しないとやばいなあって時間に、適当に出来合いのコールスローを皿に盛り付け、あと黄色が好きなので、ウニを載せようかなと思いましたが、美味しそうだったので、ウニだけ食べました。パセリが大量に余っていたので、森みたいにしたらウケるかなあと思って山盛りにしましたが、途中で足りなくなったので、ない人にはないです。あと、さすがに怒られるかも、と思ったので、別皿でフォアグラも置いときました。そんで、なんかサプライズというかエンタメ要素が薄いなと思ったので、皆さんが食べ終わる頃に『まさかこれが最後の晩餐《ばんさん》になるとは夢にも思わなかった』というナレーションを耳元で囁《ささや》く人があとからやってきます。これが、私どもの『気まぐれサラダ』です」

　得意満面な大和田の解説に、自然と拍手が沸き起こり、私の両隣からも「こんな気まぐれ見たことない」「いくらなんでもこれ以上の気まぐれはないなあ」なんて白髭老人やら「完全に森鷗外」やらから同意を盛んに求められて、返答に困っていたのだが、それよりも気になるのは相手陣営の方だ。つまりは喧嘩をふっかけてきた男側なのだが、当の本人はそこにいない。

　いつの間にか司会進行を務めているウェイターの斎藤が壇上に立つ。

「えー、続いて先方の気まぐれサラダということですが、昨日の時点で『行けたら行く』というＬＩＮＥが入ったきり、とのことです」

　気まぐれにもほどがある。何だか知らないが会場中が「その手があったか」「これこそが気まぐれの本質だ」などと手放しに褒《ほ》めたたえ、大和田も大和田で「詰めが甘かった」みたいな顔をして敗北を認めている。そりゃ「気まぐれ度合い」は確かに先方が上のような気もするが、今回はあくまでも「気まぐれサラダ」の勝負ということなので、審査委員長の私からすれば、一応、目の前にサラダを持ってきた大和田に軍配を上げざるを得ないわけであるが、そのままの勢いで「クビ」を宣告することも可能であったわけながら、そもそも私が学生時代に株で一儲《ひともう》けして以来、資産を持て余した結果、このように気まぐれに飲食店経営をしているので、まあ、どうでも良い。

容疑知らんまま取り調べすることになった刑事

これで何回目の「お前がやったんだろ」だろうか。
確かに俺は、やった。立派なひったくり犯だ。
でも、何もわかってないやつに、それを認める筋合いはない。
目撃証言、物的証拠、動機、しっかり揃えてからの「俺がやりました」じゃないんか。

大体、最初からおかしかった。
取り調べの最中だというのに「ちょっとトイレ」と席を立ったのは良いが、廊下で別の若い刑事に「あ、山杉、ちょっと、この取り調べ、繋いどいて」などとこちらにも筒抜けのアホなお願いをし、去っていった。

やってきた刑事とくれば目が完全に泳いでいた。明らかに事情を飲み込めていない。

一歩一歩、月を歩くようにゆっくり俺の前までたどり着き、両手を卓上に置く。息を吸う。

「お前がやったんだろ」

いきなりすぎるだろ。

大前提、山杉は何ひとつ俺に関する情報を与えられていない。

何なら名字と職業が判明している時点で俺の方がお前のことを知っている。

山杉の手札には「お前がやったんだろ」しかない。なので、それを繰り返す。そう凄む間、必死に手元の供述書に目を走らせるのだが、残念ながら、俺が黙秘を貫いたせいで、先の刑事が書いたらしい、止め払いがしっかりした「尿意」の文字しかない。

「なんだ、その、悪いことしただろ、お前のせいで傷ついている人がいるんだ。もう意識がないかもしれない」

「いや、相手にケガを負わせるなんてことはしてないかな」

「そうだな、でもまあ、ケガってのは心のケガとかも含まれる訳で」

「お前、あんま事件のことわかってないだろ？」

「とにかく、お前がやった、それだけ認めろ、ちょっとトイレ！」

そう言うと山杉は、席を立ち、取調室から逃げるようにして出ていった。

鉄格子から差し込む西日が刑事の去った椅子の座面を、橙《だいだい》に染める。

「あ、倉沢君、ちょっと入って、繋いでもらっていい？」

「え？　僕が、ですか？」

「そうそう、すぐ終わるから。うん、とにかく、後もうひと押し」


こうして入ってきたのは、やはり誰だ。

名字が倉沢であることはわかっているが、眼鏡をかけた俺とほぼ同年代と思われる青年が、恐る恐る俺の前に座る。あまり警察署内の職務に詳しくないが、多分、事務職だ。胸ポケットのボールペンがこんなに輝いているやつが事務でないわけがない。

「ええと、お前、で良いのかな」

知らねえ。二人称くらい勝手に決めてくれ。

「お前がやったんだろ」「だから、やってねえって」

「まったく、ええと、逃げた系、逃げた系だよな？」「系ってなんだよ」

「シフトはあるのか？」「シフト？」

「あ、アリバイか、アリバイだよ」「お前、事務すぎるだろ。いつのアリバイだよ」

「それはお前、今月の」「広すぎるだろ」

「もういい、水掛け論にはうんざりだ。ちょっとトイレ行ってくる」

　こうして倉沢が去る。別に彼は去ってもいい。本当に来るべきは刑事だ。そしてなぜみんなトイレに急ぐ。


　ところが、例のごとく引き継がれてやってきたのは、配送業者の人だ。

　何がどうしてこうなったか。

「ええと、すみません、こちら、お前がやった、でいいですか？」

　左足のつま先をドアにかけた状態で、担いだ荷物に「速達」の印字が見えた。

　ここに引き止めておくのが気の毒だが、「やった」と認めてしまうわけにもいかない。

「アリバイ。午前中、ですか？　それとも午後帯にしますか？　うち午後だと十四時からになるので、気をつけてください」

なんでアリバイが配送仕様になるのだ。いったん帰ってほしい。

「すみません、再配達でお願いします」


配送業者の人は、嫌な顔ひとつせずに去っていった。さすがプロだ。

感心していると、開いたままのドアから白人系の、ミラノ風ドリアが似合う壁画になれそうな男の子が入ってきた。小さな手足で懸命に椅子に登ったのち、足をぷらつかせながら、俺をじいと見つめ、「do ?」と訊いてきた。

「お前がやったんだろ」を翻訳すると、「do ?」なのか。

この場合、なんて答えるべきだろうか。「Yes」か「No」か。いや、違う。

「poo!」

男の子は笑い転げ、椅子から転落。「poo!」「poo!」とゴム玩具《がんぐ》のごとく跳ね笑う。

「poo! poo!」と言いながら、男の子は取調室を去った。

まさか「うんこ　英語」で検索することになるとは思わなかった。


そして、目の前に置かれているのが、この人形である。

絶妙に思い出せないが、恐らくはひと昔前に流行したものであろう。

顔は緑色で、紳士服のようなものを着ている。

さっきの男の子の忘れ物である。次はこいつだと言うのか。

確かに緑色の人形はじっと俺を見据え、にやりと笑い続けている。まるでお前の思惑など全てお見通しだ、とでも言うように。ああ、何故だろう。無言の圧力ゆえか、俺は今にも自分の罪を認めてしまいそうだ。ただ、ここで自白したところで、果たして意味があるのか。一瞬、猜疑心《さいぎしん》が芽生えたところで、目覚めるほどに明るい金髪の夫人が「どうも、すみませんね」と、男の子の忘れ物を手に取り、去っていった。もう取り調べる気すらないのか。


「それは、動物と関係ありますか？」

気づけば当たり前のように座っているし、喋りかけられている。

果たして次にやってきたのは、前頭前野《ぜんとうぜんや》が張り出したような、極めて知的な印象を与える青年であった。もう「お前がやったんだろ」とも言われない。

「いいえ」「では、それは犯罪に関係していますか」

「はい」「その犯行は一人で行えますか？」

「はい」「時間帯は夕方以降ですか？」

これ、ウミガメのスープじゃないか。

はい、いいえで質問をして想定されている答えにたどり着く楽しいゲームじゃないか。

しかも、俺の犯行がお題になっている。油断して答えてしまったが、今までで一番「取り調べ」が進んでしまった。クイズ王と思しき男は、眉間《みけん》に皺《しわ》を寄せ、

「ええと、お前がやりましたか？」

「いいえ」危ないところだったが、ギリギリ耐えた。

だんだんと、俺も尿意を催してきた。

どうするべきか。クイズ王に「ちょっとトイレ」と言い残して、取調室を出る。

建物案内図でトイレを確認し、普通に廊下を歩く。向こうより、最初の刑事がようやく戻ってきたようなので、すれ違いざまに「ねえ、ちょっと」と声をかける。

「今さ、取調室の犯人側の席が空いちゃっているんだけど」と言えば「なんだって」

と息巻く。

「取り調べ側の席にはたまたま居合わせたクイズ王が座ってくれているのだけど」

「なるほど、わかった。大丈夫、繋いどくから」

そう言って、取調室に走り、空いている席に座った。取り調べの続行のみが奴らの責務なのか。廊下側からも取調室の声は筒抜けである。


「動物と関係ありますか?」「いいえ」「複数の目撃者がいますか?」「いいえ」

「犯人が捕まった場合、極刑ですか?」「はい」……

適当なことを言うな。思わず叫びそうになるが、膀胱《ぼうこう》が限界だ。はるか遠くに、二番目の刑事、山杉が歩いてくるのが見えた。

「さて、お前がやったんだっけ。俺がやったんだっけ」

4章

日常

ファミレスでシェフ呼ぶやつ

「お呼びでしょうか」

「ええ。こちらのチキンソテー、大変美味しかったです。このソースは？」

「ありがたいお言葉、感謝いたします。こちらのソースはですね、特製のソースを、いい感じに温めたものです」

「なるほど、ありがとうございます」

「ねえ、レイジくん、ここファミレスだよ。普通、シェフを呼ぶのは高級フレンチとかだから。レイジくん最近、料理、というかチキンのみを極めようとしているのはわかるけど、チェーンのファミレスでシェフ呼ぶ人なんていないから」

「でもさ、こういうのは直接伝えたいじゃん」

「てか店員さんもなんでシェフ感漂《ただよ》わせてるの？今も調理工程少なすぎて『温めた』しかなかったじゃん。え、バイトだよね？」

「はい。週に二回、こちらでシェフを」

「だからそのシェフ口調とシェフ音量で喋らないで。もう戻ってもらって大丈夫なので」

「失礼します」

「あれ」

「どうしたのレイジくん」

「このチキンの付け合わせのポテトも凄《すご》く美味しいな。どうしよう。伝えたくなってきたな」

「じゃあ口コミサイトとかに書けば？　聞いてる？　勝手にボタン押さないで。ほら、さっきの店員さん来ちゃったじゃん」

「何かご用でしょうか？」

「あの、こちらのポテトを作ったシェフに一言、感想を伝えたいのですが」

「同じだよ。どうせこの人だよ」

「かしこまりました。連れてまいります」

「ごめん、違ったみたい」

「お待たせしました。こちらのポテトのシェフでございます」

「そんな付け合わせだけ担当している人いるんだ。店長の采配ミスってんな」

「とっても美味しかったです」

「は、ありがたき幸せ」

「わ、ひざまずかなくてもいいでしょ。なんで、一丁前にみんなシェフ感出してくるの、ここのファミレス」

「わあ、このコーラも凄く美味しいなあ。ちょっと、すみません。このコーラのシェフにも直接感想言いたいんですけど」

「かしこまりました」

「いや、それこそさっき、そこのドリンクバーでレイジくんが入れてきたやつだよね？店員さんナンパしてる男がいたとこ。コーラのシェフってなに？」

「お呼びでしょうか？」

「何でいるの？この場合、誰が来たの？」

「コーラのシェフでございます」

「コーラのシェフとは？」

「シュワシュワして、とっても美味しかったです」

「は。ありがたき」

「ありがたき何なの。コーラを作ってる人なの？ 企業の人？ それともコーラだけ自家製なの？」

「ええ。週六でこの店の全コーラを、担当しております」

「だから意味わからない。シフト数だけわかったけど」

「あれ、ちょっと待って」

「今度は何なのレイジくん」

「このチキン、髪の毛入ってるじゃん」

「ああ、そうなんだ。普通最初に気づくけどね」

「うわ、直接伝えないとじゃん。ちょっとすみません」

「いかがいたしましたか？」

「これ、髪の毛入っていたんで、髪の毛担当のシェフ呼んでいただけますか？」

「クレームじゃないんだ。髪の毛担当のシェフってなんなの。嫌がらせ？」

「お待たせいたしました。このレストランで、全料理に髪の毛を入れているシェフでございます」

「そんな職業が存在していいの？」

「あの、僕の皿に入っていた髪の毛なんですけど、さりげなくて、凄く良かったです」

「は、ありがたきぃ」

「良いことなくない？　あとなにありがたきぃて。ねえ、なにキョロキョロしてんの？」

「いや、このレストランの内装も凄くいいよね」

「まあファミレスだから、長居する人も多いし、ちょうどいいよね」

「呼んじゃおうかな」

「誰を？」

「すみません、内装を担当したシェフ、呼んでもらえますか」

「内装を担当した人はもうそれデザイナーとかだよね？」

「お待たせいたしました。私が内装を担当しているシェフでございます」

「何でいるの？　シェフ専用の待機室が無数にあるの？」

「あの、この店の内装、凄くおしゃれで、間接照明とかいい感じで、とても落ち着きますね、シェフ」

「ありがとうございます。男の隠れ家がコンセプトです」

「ここファミリーレストランだよね？　コンセプト真逆じゃない？　あと、そろそろこのテーブル周りにシェフが溜まり出してきてるから、一斉に戻ってもらえますか？」

「レイジくん、これはもう八百万《やおよろず》のシェフがここに集《つど》ってるとしか思えないよ」

「ううん。でも、直接伝えたいんだよなあ。よし、次で最後にしよう。はい、まだ呼ばれていないってシェフ、ここに集まってくださーい」

「なにその招集。せっかく厨房《ちゅうぼう》にひとしきり戻ってもらったのに、どんどん新しいシェフたちがこっちに向かって集まり始めているんだけど。いや、多い多い多い。多いから。あっという間に客席フロア全体がシェフで埋め尽くされて、身動き取れなくなっちゃったんだけど。ああ、うるさい。小声で『ありがたきぃ』ってずっと囁《ささや》かれてる」

「ええと、皆さんは、次からシェフとしての自覚を持ち、お客様にちゃんと呼ばれるように精進してください」

「いや朝礼みたいに」

「それと、店員さーん、お冷《ひや》ください」

「このシェフたちまずどかしてからじゃないと」

「あと、いくらなんでも最初に頼んだ美月ちゃんのドリアが遅いでーす」

「うん。それはさすがに私もずっと思ってた」

「恐れ入ります。どうやらドリア担当のシェフが本日不在でして」

「それ先に言って」

かゆいところありすぎるやつ

うちの店はカット＆シャンプーで八千円。

こう言っては何だけれど、なかなか強気な値段設定だ。当然、若手美容師からすれば、この店で働けることはそれだけで名誉であり、専門学校の先輩のツテとかで簡単に入れるわけではない。運良く入れた私でも、数年は雑用が主な仕事だったが、今はようやくカットを任されるようになった。最近じゃ、少しずつだけど指名してくれるお客も増えてきた。専門誌に取材されたことだってある。頑張っている方だ。憧れの職業、憧れの店で働いているからには、いつか指名予約でいっぱいの美容師にならないと。

……なんて気分で今日も出勤したのだけれど、それが今、根本から否定されている。現在進行系で。眼前の、セミロングの若い男によって。

「担当する潮田です。今日はどんな感じにしますか？」

客は手元のヘアカタログを凝視し、しばらく思案したのち、

「このマッシュにしてもらおうかなって思っているんですけど、ここってあれですよね？シャンプー込みで、八千円ですよね？」

「そうですね」

「迷うな。え、このベリーショート系でも同じ値段ですか？」

「はい。カット＆シャンプーなので」

「ええ、じゃあ、こっちにしようかなあ」

「よろしいんですか。マッシュ系にしたいんじゃ？」

「だって、そっちの方がお得じゃないですか。俺、元取りたいんで」

深呼吸。鼻から吸って、ゆっくりお腹が凹《へこ》むまで吐く。

もう一度訊《き》く。どゆこと、と。

「だから、同じ八千円だったら、短く切ってもらった方がお得じゃないですか」

さあ鼻から吸って、吸って、口から吐いて、吐いて。

だめだ。意味わかんない。何言ってんの？　お得？　元を取る？　そりゃ同じ値段だったら量が多い方がお得かもしれないけれど、それスーパーとかで発揮する価値基準だから。美容院だから。技術にお金が発生してるから。

「あ、だったら丸刈りが一番お得か。丸刈りでお願いします。ていうか、どうしてみんな丸刈りにしないんですかね。お得なのに」

じゃあもうバリカン買えよ。自宅でできるよ。お前が大好きな「元」が自宅で取り放題だよ。てかもう、バリカン買ってあげるから、帰ってよ、みたいなことを奥歯で噛《か》み殺して、

「じゃあ、とりあえず、シャンプーしちゃいますね」

と、脳内でざわつく罵詈雑言《ばりぞうごん》をなだめながら、珍客をシャンプー台まで誘導する。椅子をゆっくりと倒していく。憤怒《ふんぬ》の形相がバレてはならないので、そっと薄い布を被せる。

「この布、一人の大学生が作っているらしいんですけど、知っていました？」

「お湯加減いかがですか？」客の戯言《ざれごと》を無視して、強引に作業を進める。

「これってあれですか？　どの温度でも値段一緒ですか？」

「そうですけど」嫌な予感がする。

「あ、じゃあ、熱湯にしてもらえます？　その方が、お得なんで」

「熱湯、死にますけど？」

「死かあ、さすがに死んだら元取れないか。じゃあ、キンキンに冷やしてください。お得なんで」

「いや、温かい方がお得だと思いますけど」

「あ、そうなんですか。それ早く言ってください。それで」

　知らぬ間に、私も「お得かどうか」に毒され始めていた。落ち着け。

　私が勤めているのは都内屈指の人気サロン。カットに納得できなければ後日、無料で再カット可能な品質保証付き。芸能人のお客さんも多い。先輩たちが築き上げてきたお店の信頼を失うわけにはいかない。どんな珍奇な客であろうと、完璧に対応するのがプロだ。シャワーの温度が心地よかったのか客の口元がだらしなく緩む。小声で「お得だあ」と聞こえた。唇を噛んで、シャンプーに取り掛かる。

「おかゆいところありませんか？」

駆け出し時代はこの質問をすること自体、いかにも美容師って感じで嬉しかった。そんな初々しい頃の自分がふっと思い出される。私は今、試されているのだ。この客、ここでも「お得」を追求してくるに違いない。

「右の方、お願いします」

ほら。でも、シャンプーは美容師の基本。地肌を傷つけることなく、口頭で位置を把握して掻《か》いてあげるのは、読解と技術の両方が必要なのだ。だから、今みたいに右の方とか、少なすぎるヒントでも、手の感触からなんとなくわかる。

「ああ、そこです。うわ、気持ちいい。わ、お得だこれ」

お得かどうかは余計だ。

「他にもかゆいところありませんか？」

「ええと、後頭部、って言ってもわかんないか。頭の後ろの方。うなじの上らへん」

「このあたりですかね」

「ああ、さすがですね。うわ、めっちゃ元取れてる」

いちいち反応していられないが、それにしても私が「後頭部」をわからないと思われたのだけは納得がいかない。


「あと」

まだ、あるのかよ。

「肩、お願いします」

「え、肩ですか。肩がかゆいんですか？」

「はい。お願いします」

「えっと、どっちの？」

「あー右肩なんですけど、両肩お願いします。元取りたいんで」

「それ元取れているんですか。左肩はかゆくないんですよね？」

「あとは、そうだな。膝《ひざ》。膝ちょっとかゆい気がするんでお願いします」

「あの、頭限定でお願いできます？　シャンプー中、かゆいところないですかって話なので」

「あと、肩甲骨《けんこうこつ》周り、もう一回、右肩。それから、くるぶしと、ハツと砂肝」

「途中から串《くし》頼んでません？」

「面倒なんで、あらかじめ、体全体満遍なく、掻いといてもらえます？」

「嫌ですよ。なんで、美容師がお客さんの全身を掻かないといけないんですか」

「あ、確かに。そういうのは新人さんの仕事か」

「そういうことじゃなくて。あの、もういいですか？　シャンプー流しますよ？」

「あ、もういっかい、うなじの上あたり」


まあ、そこは、掻くけどさ。

「うわああ、これ絶対八千円の元取れてるわ、マジで。やべえ、気持ちいい」

そんなこと言われると、さすがに悪い気しないんだよなあ。

布を取る。客の顔が露《あら》わになる。頬《ほお》は紅潮し、目は涙で潤む。口元は緩み、鼻翼《びよく》が大きく膨らんでいる。噂に聞く恍惚《こうこつ》の表情かもしれない。

「じゃあ、カットしていきますねえ」

「いや、もう今日、大丈夫です」

「え？」

「もう十分、元取れたんで。シャンプーで。マジで。ありえないくらい気持ちよかったので。冷静に考えたら、丸刈りは自宅でもできるし」

それはわかってるのかよ。

カットをしないなんて美容師としての尊厳に若干傷がつくが、客が不要というならば仕方ない。ただ逆に言えばあれほど固執していた「元を取る」という目的が私のシャンプーのみで果たされたとなると、それは少しだけ、嬉しいかもしれない。

客は八千円払って、店に来た時とまったく変わらぬ髪型で帰っていった。

美容師とは何か。新書タイトルみたいな疑問が、その日中、頭の中で渦巻いていた。

　翌日。そいつはまた、やってきた。今度は何の用だ。

　そいつは当たり前のように私を指名し、席に座る。


「えっと、どうされました？」

「はい。ここって、納得できなかったら、無料でもう一度お願いできるんですよね？」

　早くも嫌な予感がする。確かに、うちはそういうサービスを掲げている。でもそれは、それくらい信頼と実績があることを示すためであり、本当に利用する客は出会ったことがない。というか、こいつに至ってはカットすらしていない。

「あの、昨日、せっかく掻いてもらったうなじの上、朝起きたら、またかゆくなって、掻いてもらえます？」


　帰れ、自分で掻け、そういうサービスじゃねえ、そのためだけに来るな、指名するな、みたいな言葉が唇から溢れるより前に、ささっと掻いてやった。

「うわあ、元取ったわあああ」

半年後、私は指名予約でいっぱいになる。雑誌やテレビの取材もたくさん来るようになる。あの客がきっかけかは知らないけれど、口コミで評判を呼び、気づけば私は「かゆいところを掻くのがうますぎる人」として、引っ張りだこだ。

給料も上がったが、半年ほどハサミを握っていない。人生的に、元を取れていない気もする。

ドキュメント特集『更生請負人　飯島剛毅』

母親からの悲痛な声に、この男が立ち上がった。

飯島剛毅。五十五歳。これまで、千人以上の不登校児、引きこもり状態の青少年たちを社会復帰させてきた。

人は彼をこう呼ぶ。「更生請負人」。

今日も飯島は、とある問題を抱えたお宅を訪れた。

「息子さんが引きこもりになって、どれくらい？」

「そうですね。半年、くらいでしょうか」

「あのね、お母さん。ご自分を責めないでくださいね。誰が悪いとかではないですから」


まず、問題がある青少年の家族の心にのしかかる罪悪感を解きほぐしてあげるのが、飯島のやり方だ。実際、こちらの家庭も自分らに非があると思い、両親とも息子に強く出られないのだという。

「それで、息子さんの部屋はどこですか？」

「一応、２階の階段上がってすぐがそうなんですが」

「ちょっと手荒な真似しますけれど、お母さん、私を信じてください」

言うや否や、飯島は驚きの行動に出る。

凄《すご》い勢いで階段を駆け上がると、少年の部屋のドアを激しくノックする。

「マモルくん？　いつまでそこにいるつもりなの？　開けてもらえる？　返事がないな。そっちが開けてくれないなら、こっちから入るよ？　はい、３、２、１」

「あ、ちょっと！」

呆気《あっけ》に取られる母親やスタッフをよそに、飯島は勢いよくドアを開けて、少年の部屋へと突入した。

「こら！　マモル！　いつまでもそんなところでうじうじしていられると思うなよ！　まず外に出ろ！　なあ！」

「やめてください！」

「お母さんは黙ってて！　おら、陽の光を浴びないから、ぶくぶく太るんだろうが！」

　これが、飯島のやり方なのだ。まず、無理矢理でもいいから外に出す。更生はそこから始まるのだ。もちろん、母親は抵抗する。

「違うんです！」

「何が違うんです！　ほら、外に出るぞ！」

「いいえ、確かにここは、息子の部屋ですが」

「その部屋から今、マモルくんを出しますから！　ほら、しっかりしろ！」

「今、飯島さんが首根っこを掴《つか》んでいる、それ、主人です」

「はい？」

「息子は、リビングで、引きこもっているんです」

ドキュメント特集『リビングに引きこもるやつ』

「まず、旦那《だんな》さんには後ほど、改めて謝罪させてください」

「いいんです。私の方こそ、説明が足りていなくて」

「それで、このドアの向こうに、息子さんがいるんですね？」

「はい。気づけば、奪われていました」


いったん、失神している少年の父親はそのままにして、飯島は少年が引きこもっているらしい、リビングのドアから声をかける。


「マモルくん！　話し合おう！　話し合うというか、聞かせてくれ！　どうしてリビングなんだ！」

「うっせえ！　おいババア！　なに勝手に知らねえおっさん呼んでんだよ！　帰れよ！」

マモルくんの攻撃的な態度に、さすがの飯島の表情にも困惑の色がにじむ。

やはり、百戦錬磨の飯島でも、ビビっているのだろうか。

「そういうことじゃない。勝手に変な仮ナレーションを囁《ささや》くな。リビングに引きこもるパターンが初めてすぎて、それで驚いているだけだから。あのお母さん、マモルくんの食事などは普段、どうやって？」

「基本はマモルが自炊しています。キッチンもあるので」

「それ、引きこもりかな。普通、ドア前にご飯を置くとかあるでしょう」

急に飯島の威勢がなくなり、撮れ高が不安になってきた。すると、廊下中にマモルくんの怒声が響く。

「おい！　チャーハン作ろうとしたら、卵切れてんじゃねえか。ババア、卵買って、ドア前に置けよ」

「え、食材だけ置くことってあります？」

「お願いします。私たちのリビングタイムを返してください」

「リビングタイム？」

「リビングのソファにふんぞり返って、ダラダラする至福の時間です」

「なんか、目的変わってきてんだよな。じゃあ、兵糧攻めとかすれば？食料とか買ってこなければいいじゃん」

「そしたら、あの子、どんどんウービーイーツとか使うんで」

「お金は？ご両親のクレジットカードですか？それだったら、大問題です。私が一肌脱ぎますよ。更生請負人として」

「いえ、あの子、どんどん自炊が上達して。最近だと料理動画の配信の収益で、主人よりも全然稼いでいるらしいんです」

「もう、自立しているじゃないですか。何ですか。お母さん、これ、引きこもりというか、新しい二世帯住宅ですよ」

「そんな気弱なこと言わないでください！私たちだって、家でご飯作って食べたいんです。毎日、高級ホテルのフレンチばっかり食べて、そんな生活飽き飽きなんです」

「あ、めちゃくちゃ金あるんすね」

飯島は遠い目をして、息子が陣取っているリビングのドアにそっと触れる。

やがて、「またきます」と、ぽつり言い残し、その場を後にした。

撮れ高はまだまだである。一体、何がどうしたというのか。

ドキュメント特集『ドキュメントの途中で帰るやつ』

飯島は何もできないまま、帰路に就いた。途中、立ち寄ったコンビニで一番安い紙パックの焼酎《しょうちゅう》と缶チューハイを購入すると、イートインスペースで一気に飲み干してしまった。何がどうしたというのか。

「何がどうした、じゃねえよ、見てただろうが。なんだよ、リビングに引きこもっている息子って。金も稼いで、結構なご身分じゃねえかよ」

すっかり赤ら顔になった飯島は、我々スタッフにくだを巻く。

「だいたい、更生請負人つったって、慈善事業じゃねえんだ。謝礼とか、あんたらみたいなドキュメンタリーの出演料とかで食いつないでいる。それなのに、引きこもりの方が俺より全然、金稼いでいるって、それどういうことだよ」

飯島はそれだけ言うと、イートインスペースで突っ伏して寝始める。迷惑行為である。店長の弟子を名乗る青年が、何度も飯島の肩を揺らしたが、一向に、起きる気配がない。我々は、飯島を青年に託し、その場を後にした。

ドキュメント特集『マジで子供部屋おじさんのやつ』

またしても、母親の悲痛な声が、飯島のもとに届いた。

先日訪れた、「リビング引きこもり」のお宅で、また別の問題が生じたという。

飯島と連絡が取れないので、先にスタッフの我々が訪れた。


「相変わらずマモルくんはリビングに？」

「はい。金の盾が届いたので、ドアの前に置いておきました」

「人気チャンネルじゃないですか。それで、新たな問題というのは？」

「リビングがマモルに奪われてから、主人がマモルの部屋を使うようになりまして」

「先日、飯島さんがマモルくんと間違えて、ご主人に手荒な真似をしましたね」

「そうなんです。まさに、その時の恐怖がトラウマになったらしく、子供部屋に引きこもってしまったんです。巷《ちまた》で言う子供部屋おじさんでしょうか」

「子供部屋おじさん、ではなく子供の部屋おじさん、ですね」

「それで、その、今日、飯島さんは？」


残念ながら飯島剛毅はもういない。風の噂によると、あの後、世の中がいやになり、自室に引きこもっているらしい。ドキュメント特集「引きこもり中年男性」を早急に

企画するべきだろうか。いや、それ以上にやるべきは、

ドキュメント特集『最初からカメラで撮ることを忘れていたやつら』

5章

空想

一日駅長に駅乗っ取られるやつ

今をときめく俳優の常田くんが一日駅長として就任。

それは良いのだけれど、勝手に駅員を早退させるのはやめてほしい。

「あのさ、常田くん、何で田沼さん帰らせたん？」

「いや、田沼さん、今日は娘さんの誕生日らしくて。だったらどうぞって」

「いや、どうぞやないのよ。勝手に大事な駅員、帰らさんでもらえる？」

「あ、でも僕今日、駅長なんで」

そう。こいつは「駅長」が持てる権限をフルに活用しようとしている。

本来、私が持てる権力《パワー》が今やこいつに宿っている、ということだ。


でも、一日駅長だぞ。

要は代理店が企画したちょっとしたイベントにすぎない。

にもかかわらず、こいつ、本気で権限を行使している。

「で、田沼さん、色々聞いてみたら、そもそも実家の牧場を継がないといけないらしくて、だったら早い方が良いと思って、退職してもらいました」

「は？　田沼、退職したん？　今日？　はあ？　いや何してくれてんのあんた、タダでさえ人手不足で苦労してんのに、えらいことしてくれたなおい！」

というか田沼よ。お前、牧場の子だったのか。確かに寡黙《かもく》な男であったが、それにしたってだ。そして継ぐのか。ならばなぜいったん駅員を挟んだ。

もう明日から来ないのか、田沼。

「はい、田沼さんは、もう来ません」

「独り言に返事すんな勝手に」

「でも、駅長権限あるんで」

額からにじんだ汗が鼻梁《びりょう》をなでて、頬《ほお》を伝う。落ちる。呼吸が乱れる。

まず大前提、私は長年駅長職に就いていながら、誰かを解雇でなく、早期退職させることが可能、ということすら知らなかった。駅長とは駅員を統括する立場、くらいの認識であった。それは決して間違いではないのだろうが、この男はその枠を優に超えている。駅長の権限なんて、たかが知れているのではないのか。


「でも、一日駅長って、電車がこないと暇ですよね」

「確かに今日はやたら暇やな、何でやろ」

「あ、そうか。そういや駅長権限で各駅停車停まらないようにしたんだった」

「各駅停車が停まらない駅にしたん？　ここを？」

「はい。各駅停車って、遅いじゃないですか、だからもういいかなあって」

「あかん、絶対あかんよ。この駅を通過するなら、それはもう各駅停車じゃないし、各駅停車が停まらない駅はもう駅じゃないし、てか駅長権限で、そんなことできたの？」

「え、あ、はい。なんか、国土交通省に電話したらいけました」

「駅長」という職業の権限について、私はあまりにも無知であった。

落ち着け。ということは、私はこの白森駅の、駅長だ。

その権限でこの腕白俳優を帰らせることは可能なのではないか。


「あのさ、じゃあ、悪いんだけど、帰ってもらえる？常田くん」

「あ、元駅長にそんな権限ないんで」

「元駅長なの？私が駅長で、君が一日駅長、ではなく？」

「いや、駅長二人いたらおかしいでしょう」

「一日駅長が本気出す方がおかしいやろ！」


叫びながら、拳《こぶし》を強く握り、壁を殴《なぐ》る。中指の付け根に血がにじむ。

私は今日一日、「過去の存在」に過ぎないというのか。たかがポッと出の俳優の気まぐれで、私は全ての権限を剥奪《はくだつ》されてしまったというのか。それに、こいつの駅長権限は今、際限なく拡大し続けている。こいつを、私が、何としても食い止めなければ。

「この白森駅を、どうしよう思てんの？」

「白森駅？　ああ、この【常田智樹主演、映画『エターナルステーション駅』絶賛公開中】のことですか？」

　こいつ、駅名ごとプロモーションに。てか「ステーション駅」って。

　悔しい。いまだかつてないほどに、悔しい。

　怒りはない。ましてこの俳優に対する嫉妬《しっと》などでもない。ただ昨日まで、自分の権限を知らなかった己の無知、そしてその権限を行使すれば私にもできたに違いないあらゆる可能性を思い浮かべると、その圧倒的な機会損失に、足元が暗くなる。頭が重くなる。声が震える。

「駅長という職って、そんなに偉いん？」

「ええ。官房長官くらいならぎりパン買わせに行っていいらしいです」

「官房、長官？　誰がそんなこと教えてくれたん？」

「官房長官が」

「官房長官が？」

政治には詳しくないが、官房長官は、とんでもなく偉い。なにせ新しい元号を発表できる人だ。そんな人をパシらせるだなんて、常田くんはもはや、

「総理大臣クラスってこと？」

「意外とそれに近いかもしれないですね」

そんな馬鹿な話があるものか、と思う一方で、勝手にベテラン駅員を退職させたり、各駅停車を通過させたり、初対面でいきなり「今日は関西弁で喋ってください」と東北出身の私に有無を言わさぬ勢いで迫ったりと、この実績でどこかで納得している自分もいる。日本全国の駅長にそのような権限が与えられていたことを、恐らく、全員の駅長が、知らない。なぜなら、全員がことごとく自分の権限を過小評価し、満足していたからだ。しかし、私は今、その情報を手にした。ならば、

「仮に私が元駅長やとして、それなりの権限とか与えられへんの？　ようあるやん、相談役みたいな」

「ないですね。元駅長は、言い換えれば、ただの無職です」
「無職？　俺、駅長に就任してかれこれ十年。わかる？　四捨五入して、約四千日駅長やんか。なあ、君なんて一日やろ、おかしないか？　何とか権限もらえへんやろか」
「知りませんよ。大事なのは、今、駅長かどうかなんで。あんまりしつこいと駅長権限で来期五輪の全ての競技の代表に抜擢《ばってき》しますよ」

発想が怖すぎる。さすが今をときめく俳優だ。感性が人と異なるのだろう。無職。私の駅員時代からすれば三十年以上の人生が今、水泡《すいほう》に帰《き》した。たとえ明日、駅長に戻れたとしても、このたった一日の空白は、私の将来に大きな喪失をもたらした。さて、もうやることもない。無職なら無職らしく、大人しく家に帰って、テレビでも観てよう。そういや、中年男性の引きこもり特集、今日だったっけか。

「あ、待ってください」

現駅長から何やら呼び止められる。振り向くことなく、立ち止まる。

「今日、僕が一日駅長やっているんで、普段の俳優の仕事が滞っていて。続編の『エターナルステーション駅2～終焉《しゅうえん》のピリオド～』の撮影なんですが。んで、これは駅長権限なんですけど、あなたが一日俳優として、今日だけ、主演してください」

何が一日俳優だ。何でど素人の私が急に映画の主演をしなくてはならないのだ。他のキャストが驚くだろ。しかも一日だけ。何だその映画。あと続編作るのが早すぎる。一作目が公開したばかりじゃないのか。『～終焉のピリオド～』って何だ。終わりに終わってるじゃないか。作るなそんな映画。全員今すぐ帰れ。故郷に帰れ。

「今日、ベッドシーンの撮影多いんですよね」

ほないきまひょか、官房長官に運転させて。

ドッキリの醍《だい》醐《ご》味《み》忘れるやつ

レイジいわく「バレちゃだめだったやつ」らしい。

全身タイツで天井に張り付いていたが、俺がてんで気づく様子もないので、いつの間にかドッキリ中であることを忘れて、普通に話しかけてきて、今に至る。

一体、いつから張り付いていたのか知らないが、身体中が凝《こ》り固まっており、なんだか木の人形のようだった。極限まで続けておいて、凡ミスで終わった。

「なんかさ俺、ドッキリのネタバラシ、忘れちゃうんだよね」

「いや、それドッキリの醍醐味を忘れてるよ」

「うん。そういや、かなめ、一昨日新しい時計買っちゃったでしょ?」

先日、お気に入りの腕時計をなくしてしまったので、とうとう諦《あきら》めて同じモデルの腕時計を買い直したのだ。

「それ、ドッキリでしたあ」

「え、なにが」

「かなめの腕時計、俺がつけてましたあ」

まじかこいつ。全身タイツの袖をまくれば、間違いなく俺がなくした腕時計が巻きついている。

「それ、忘れたまま、次のドッキリに行ったの？　泥棒になっちゃうよ」

「ごめん、あー、待って。いろいろ思い出してきた」

いつも焦点が存在していないレイジの視線はいよいよ虚空《こくう》を漂《ただよ》いだす。

怖い。ドッキリを仕掛けておいて、成功に興味がないレイジが怖い。

この間、俺がヤンキーに絡まれているレイジを助けたのも、ドッキリ。

あと、俺の郵便受けにほぼ毎日、水道修理のマグネットが投函《とうかん》されていたけれど、あれもドッキリだし、途中から水道修理や廃品回収だけでなく、怨霊《おんりょう》退治の陰陽師《おんみょうじ》のマグネットとかも入るようになってたけれど、あれもドッキリ。


「陰陽師、ちゃんと電話番号書いてあったけど、どこにつながるの？」

「ああ、知り合いの、フリーランスの陰陽師につながる段取りにしてた」


陰陽師ってフリーとかあるんだ。

用意周到すぎてめまいがするけれど、結局ぜんぶ忘れられていたわけだ。

そして今、さらりと俺が働いているバイト先も本当は存在しないという事実が明かされた。あのファミレス、確かに「髪の毛を入れるシェフのシフト」とかあって意味不明だったけれど、じゃあ、あのバイト代はどこから捻出《ねんしゅつ》されたんだよ。

「俺が銀座の料亭で頑張って修行して得たお金でしたあ」

じゃあ俺が買ったこの腕時計は結局、誰のお金で買ったのか。

「あと、この間、夢にたくさんの羊出てきたでしょう、あれもドッキリ」

どうやったんだよ。人智《じんち》をわきまえてくれ。

「あと、これはお前、関係ないんだけど、この間、『気まぐれサラダ』対決の勝負を仕掛けておいて、ボイコットしたの、俺でしたあ」

「俺でしたあ」を俺に言うなよ。やはり俺の知らないところでも、ドッキリを回収し忘れてる。他にも、醍醐味を忘れていることはないだろうか。

「お前、美月ちゃんにも仕掛けて何か忘れてないだろうな」

刹那《せつな》にして、レイジの顔が蒼白《そうはく》になる。わかりやすく、ひたいに汗が流れる。レイジ、汗かくんだ。どうした、美月ちゃんに何かしっぱなしか。

「どうしよう。美月ちゃん、無人島漂着ドッキリ仕掛けて、そのまま忘れてこの家の天井に一週間も張り付いちゃった。どうしよう、美月ちゃん、やばい、俺と同じで飲まず食わずかも、え、どうしよう、マジでどうしよう」

レイジが、取り乱す。涙目になっている。

今言ったことが本当なら、一刻を争う緊急事態だが、何かが引っかかる。

そう、美月ちゃんなら普通に昨日、道で会った。確かに無人島の話をちらっとしていたが、いずれにせよレイジとこれから待ち合わせだと言っていた。いや、さらにいえば一昨日、時計を買う前に俺もレイジと外で会っている。

しかしレイジの話を信じるなら、こいつは一週間も天井に張り付いていた。あまりにも他のドッキリが壮大すぎるがゆえに、かえってこうした小さな齟齬《そご》の方が気になりはじめていた。だって、レイジらしからぬ、つまらない嘘。

「テッテレー、ドッキリでしたあ」

「いつ、何が、どこまで、誰から、なんで」俺の５Ｗ１Ｈが火を吹いた。

「入ってきて」

レイジがそう言うと、ドアから若い男性が中に入ってきた。

若い男性、というか、レイジだ。今、目の前に、レイジが二人いる。


「テッテレー、俺、実は二人いました」


声を合わせて言われたところで、俺の脳は理解を拒否して駄々をこねる。

言葉も表情も失い、買ったばかりの腕時計の秒針が羽音のように響く。

想定していたリアクションと違っていたのか、二人のレイジは物足りなげにこっちを見る。見るな。見ないでくれ。全身タイツの方のレイジが、口を開く。

「俺が天井に張り付いている間、バイトに行っていたのも、大学に行っていたのも、美月ちゃんとデートしていたのも、あと無人島にいる美月ちゃんにこっそり食料を置いていたのも、全部このもう一人のレイジでしたあ。ドッキリ、だいせいこう」

二人のレイジはいまだ置いてけぼりの俺をよそに「全身タイツの必要なかったね」などとプチ反省会をはじめ、それも終わると「じゃ、俺バイトあるから」と出現した方のレイジは、去っていった。

果たしてどれくらい時間が経ったのか。レイジに揺さぶられて、ようやく我に返る。


「嘘だよ、かなめ。嘘」

「嘘、って何が？」

「だから、俺は、二人いないから。ここまでがドッキリでした」

そうか、ドッキリか、とはならない。現実問題、今しがた二人いたではないか。いないから、じゃなくて、いたから。


「だからそれが嘘だって。ドッキリだって」

「わかんない。俺、もう、レイジというか、この世界の仕組みがわからない」

こんなことがあった以上、俺はもうレイジが何を仕掛けてこようと驚かないだろう。ドッキリの醍醐味を、忘れてしまった。

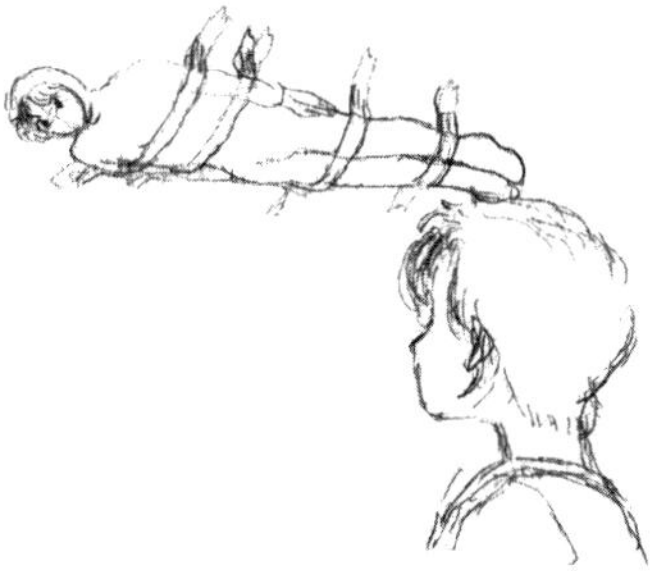

知らないおじさんと観覧車乗るやつ

大事なデートなのに。
今日、この観覧車の中で告白しようと決めていたのに。
何故、知らないおじさんが乗ってくるのだ。
人類未到達の気まずさがゴンドラを満たしていく。

「いや違うんです」

何が違う。
男はハットに口髭《くちひげ》を蓄えた英国紳士風の身なりながら、手には破れかけた紙袋を提げていた。走って乗り込んできたために額に玉のような汗がにじむ。ゴンドラの小さな床に、ぽたりと雫《しずく》が落ちる。僕も彼女もおじさんも目のやり場に困り、景色ではなく、床に落ちたおじさんの汗に目をやる。先に頂点を迎えたのは、ゴンドラではなく、気まずさであった。

「あの、リリーちゃん、こんなタイミングであれなんだけど」

　この状況下で、なお告白の前振りを始めた僕を前に、彼女は原作の方の『鬼太郎』みたいな顔をする。無論、僕もわかっている。自分もおかしいことを。努めて冷静を装っているが、こっちはこっちで覚悟を決めて、この観覧車に乗り込んだのだ。知らないおじさんという闖入者《ちんにゅうしゃ》に対処などしていられない。僕は、この日、一世一代の「無視」を決め込むことにしたのだ。それなのに、

「ええと、どこまで話しましたっけ？」

　なんて、おじさんが物々しく口を開く。

　過去にあった一族の遺産相続トラブルのあらましをある程度語った、みたいな雰囲

気だが、当然ながら僕らはおじさんのことを何も知らない。何も知らないまま、やり過ごしたい。

「いえ、まだ何も」

なんということだ。気まずさという瘴気《しょうき》を胸いっぱいに吸い込んだリリーちゃんが、なぜかおじさんの話を聞くモードに入り込んでしまった。

「やめようよ、リリーちゃん、それより僕の話を聞いてよ」

果たして無視されたのは、僕だった。

「そう、あれは私が、鈍器のようなものを集めていた頃」

そんな「頃」は嫌だな、なんて思っていれば、おじさんは僕の表情を疑念と勘違いしたのか「いえいえ、本当なんです」と例の紙袋から、鉄アレイの取っ手部分が木製になっている、まさしく「鈍器のようなもの」以外の何物でもない道具、それから何だかわからないけれど「巨大な金平糖みたいなやつ」などを、わずかに空いているおじさんの席の隣に並べていく。

「ご存じの通り、鈍器のようなものは人を殺《あや》めるために生まれた実に恐ろしい道具です」

　いや、ちょっと違うだろ。確かに殺人事件のニュースとかドラマとかでよく聞くけど、それは凶器が特定できない場合の便宜上の表現であって、実際に「鈍器のようなもの」で人が殺されているわけではないのだから。

「私は、そんな鈍器のようなものたちが不憫《ふびん》でならなかった。だから私は、彼らを保護することにしました。『鈍器』とは主に刃物の付属していない重量のある金属製の道具を指します。金槌《かなづち》などが良い例でしょうか。私は金槌にも刃物にもなれない『鈍器のようなもの』を、全国津々浦々、探し歩いては収集してきました。彼らが殺人という罪を犯さぬ前に、なんとしても保護したかったのです」

　ぽたりと落ちる雫が、いつの間にか汗から涙に変わっていた。それも、おじさんだけじゃない。リリーちゃんが、今のおじさんの意味不明な身の上話に心を打たれたのか、涙の粒が頰《ほお》を伝う。何だろう。自分の恋心を打ち明けようとしているだけの僕が、この狭いゴンドラの中では圧倒的に倫理観が不足しているように思えてならない。頓狂《とんきょう》なのはおじさんなのに。

　おじさんがそっとリリーちゃんにハンカチを差し出す。わずかながら彼女の頰が紅潮するのがわかった。今の流れで「きゅん」が生じるのか。

「リリーちゃん、いったん、おじさんのことは忘れようよ。ね、僕たちせっかく、休みの日を合わせてこうして遊園地に来たわけなんだから」

　我ながら、まだ告白の流れに持っていこうとしているのかと呆《あき》れながらも、この三

人の中では最も観覧車ですべきことを全うしようとしているという自負があった。ところが彼女とくれば、

「今、それどころじゃないでしょう？ それで、おじさん、どうしてこの観覧車に？」

と、冷たく僕をあしらうと「鈍器のようなもの」を保護して暮らす不審者に続きを促す。まあ、確かに、それは少し知りたいところではあるのだが。

「ちょうど、こちらの公園の骨董市《こっとういち》で、この子たちを保護した帰りに、夕景を背に輝くこの観覧車を目にしました。そこで、とんでもない事実に気づいたんです。ああ、何ということだ。観覧車もまた、重量があり、金属製の、刃物を含まず、それでいて、金槌などではない、いわば『鈍器のようなもの』ではないかと。そして、私は、とうとう見つけたのです。平和的に利用されている、鈍器のようなものを。この事実に気づいたとき、いても立ってもいられなくなりまして」

おじさんは言い終わると、目を細めてゴンドラ内を見渡した。それはちょうど、観覧車の頂点に達するか達しないかのタイミング。時同じくして、僕の怒りもまた頂点に達した。

「だから、ずっと何を言ってんだって！」

生まれて初めて、怒髪天《どはってん》をつく。激昂《げっこう》のあまり、思わず立ち上がってしまった。ぐらりとゴンドラが揺れる。だって、だって、おかしいじゃないか。いったん、鈍器のようなもの云々《うんぬん》という奇天烈《きてれつ》な供述は全て無視したとしても、今の話のどこに『他人の観覧車に入ってしまった理由』が含まれていたというのか。ぎゅっとすれば『テンション上がって入ってきちゃいました』にすぎないではないか。そんなおじさんに僕の大事なデートが邪魔されたというのか。僕は我を忘れて、おじさんに詰め寄る。ゴンドラが大きく傾くとおじさんも体勢を大きく崩し、ハットが脱げ、あらわになった頭頂部に席に置いてあった「鈍器のようなもの」が落下する。ぐうとおじさんは苦しみ、やがて白目をむいて気絶してしまった。

「ちょっと、おじさん、しっかり！　しっかりして！」

彼女がおじさんの肩を揺さぶる。かろうじて意識は回復したようだが、痛みに悶《もだ》えている。一体、何がどうしてこうなったのか。観覧車に乗る前に戻りたい。たった半周で、恋の観覧車は、密室殺人事件の雰囲気が漂い始めている。故意でこそないが、凶器として『鈍器のようなもの』を使用してしまったことになる。この観覧車を含めて、だ。おじさんを早いところ病院に搬送しなくてはならないが、観覧車は何せ遅い。ゆっくり降りていく。

外でサイレンの音がする。もちろん救急車ではない。パトカーだ。まさか一連の騒動でもう警察が動いたというのか。いくら何でも早すぎる。じゃあ一体何なのだ。

「えー、観覧車に逃げ込んだ、骨董品窃盗犯、直ちに出てきなさい」

拡声器の声がゴンドラにまで届く。骨董品、窃盗犯。そういうことか。このおじさん、鈍器のようなものを保護するとか言っていたが、金銭を払わずに盗んでいたに違いない。その鈍器のようなもので、今しがた自分が生命の危機に陥ったのだから、絵に描いたようなバチが降り注いでいる。

頭を押さえて呻《うめ》き続けるおじさんを床に横たえたまま、ゴンドラは警察が待ち受ける乗降地点にまで到着する。あとは、おじさんを引き渡すだけなのだが、彼女はなぜかおじさんにしがみついて『お願い！　死なないで！』と完全に情が移っている。彼女の供述次第では、僕が殺人未遂の犯人にされかねない。そういう意味では、告白する前に彼女がいかに頓狂な人物であるか気づけてよかった。さて、急いでおじさんをゴンドラの外にまで運び出す。そのまま係員の誘導に従い、歩き出そうとしたところで、僕は落ちていたハットを被ると踵《きびす》を返して、次に控えていたゴンドラに飛び込んだ。当然、中に座っていたカップルは僕の方を凝視する。そうは言っても、ここしか逃げ場所がないのだからしょうがないじゃないか。「いや、違うんです」

無人島救助のＳＯＳを筆記体で書くやつ

この無人島に漂着してから今日で三日目である。
思えば私が「ＳＯＳ」を筆記体で書いたことが始まりだった。
私ってほら、筆記体で書くほうが早いタイプなので。
そう言ったら同じく漂着した美月と名乗るフリーターに激怒された。
加えて「もっと感情に訴えるメッセージを」なんて難癖をつけられた。
そこで、石や流木でデカデカと、
『海を見ても一人』
救助の意を行間にたっぷり含ませた渾身《こんしん》の自由律俳句を書いた。
美月さんから「行間に含ませるな」と罵《ののし》られる。
なお、彼女は今現在、私のことを完全に無視している。

＊

翌日。
『もっと感情に訴えかけるメッセージでないと意味がない』
と生意気なことを言ってくる。まったく最近の若者は礼儀を知らない。
大人としての良識を見せてあげねばならない。
ペットボトルなどの漂着ゴミをかき集め砂浜に並べ、
『あなたが読んでいるこの文字は全て海のゴミでできています』
と公共広告も真っ青の環境保護メッセージを作れば、
美月さんは「全部違う。もっと自分たちが置かれている状況を伝えて」
とまるで編集者気取りである。

＊

翌日。一晩考えて、彼女の言うことも一理あるなと思い直す。
我々が置かれている現状を記すために、こうして砂浜に、
漂流日誌を書くことにした。とはいえさすがにいちいち小石や流木で文字を
組んでもいられないので、棒で、できるだけ大きな文字を砂浜に書いていく。
これなら救助ヘリが来ても多分読めるだろう。
一行書くのに一時間はかかるのに。

*

翌日。お昼頃。
とうとう救助ヘリが遠くからやってきた。
ところがしばらく砂浜を旋回したのちに帰っていった。
だいぶ離れた場所にいる美月さんも落胆していた。
彼女はおそらくこの日誌のことを知らない。
たまにどこかで見つけてきた食料を分けてくれる。

＊

翌日。再びヘリがやってきた。
美月さんも私も必死で手を振るが、昨日と同じように砂浜の上を
しばらく旋回したのち、遠くへと行ってしまった。
もしかしたら、この日誌が連載だと思われていないだろうか。

＊

翌日。やはり連載だと思われているようだ。
美月さんは丘の頂上まで水を汲みにいって外していたが
先ほどもヘリが来て、昨日書いた日誌の上をホバリングして、帰っていった。
この事実がバレたら美月さんは怒るだろう。
幸いこの漂流日誌は高いところからでないと全貌はわからない。

いや、そういえば今、彼女は丘の頂上に

＊

作者急病につき休載します。

SOS

本書に掲載されている作品はフィクションです。
実在する人物や団体などとは一切関係ありません。

【監修】

田丸雅智（たまる まさとも）

1987年、愛媛県生まれ。東京大学工学部卒、同大学院工学系研究科修了。現代ショートショートの旗手として執筆活動に加え、坊っちゃん文学賞などにおいて審査員長を務める。また、全国各地で創作講座を開催するなど幅広く活動している。ショートショートの書き方講座の内容は、2020年度から小学4年生の国語教科書（教育出版）に採用。2021年度からは中学1年生の国語教科書（教育出版）に小説作品が掲載。著書に『海色の壜』『おとぎカンパニー』など多数。メディア出演に「情熱大陸」「SWITCHインタビュー達人達」など多数。

マリマリマリー

「エモさのあるシティポップ風のイラスト」と「シュールなコント」をテーマに、YouTubeやTikTokを中心に動画を配信するアニメコントチャンネル。お笑い芸人の四千頭身のYouTubeやラジオ・テレビの企画構成なども担当する放送作家の深見シンジ、さかもと良助、イラストレーターのMORISAKI SHINYA、ディレクターの柳将博（株式会社ケイコンテンツ）の4名を中心に制作。2021年YouTube公式「国内急成長クリエイター部門」で1位を獲得。

洛田 二十日（らくだ はつか）

1990年、新潟県生まれ。早稲田大学文化構想学部卒業。2017年に『桂子ちゃん』で第2回ショートショート大賞を受賞。2018年に単行本『ずっと喪』でデビュー。以降、ショートショート作家としてアンソロジーを中心に作品を発表中。現在、「タイタンの学校」文芸講師も務める。

マリマリマリーのショートショート小説集《しょうせつしゅう》

卒業式前日《そつぎょうしきぜんじつ》に転校《てんこう》してくるやつ

2024年1月19日　初版発行

著者／マリマリマリー
洛田《らくだ》 二十日《はつか》
監修／田丸《たまる》 雅智《まさとも》
発行者／山下 直久
発行／株式会社KADOKAWA
〒102-8177　東京都千代田区富士見2-13-3
電話0570-002-301（ナビダイヤル）
印刷所／図書印刷株式会社
製本所／図書印刷株式会社

●お問い合わせ
https://www.kadokawa.co.jp/（「お問い合わせ」へお進みください）
※内容によっては、お答えできない場合があります。
※サポートは日本国内のみとさせていただきます。
※Japanese text only

定価はカバーに表示してあります。

ISBN 978-4-04-606346-5 C0093